聖属性魔導師
♀ シトリア ♀
炎属性の攻撃魔導士
♀ エリィ ♀
女の子になった主人公
♂ レイン ♂

パーティリーダー
♀ リース ♀
《剣姫》の異名を持つ
♀ セン ♀

# 最強の力を手に入れたかわりに女の子になりました

## 女だけのパーティに僕が入っても違和感がないのは困るんですが

笹塔五郎

ぶんか社

C O N T E N T S

# ◆第一章　女の子になりまして

「ふふっ、今日も悪くない収穫《しゅうかく》だ」

フードを被《かぶ》った人影《ひとかげ》は、人気《け》のない路地裏を歩いていた。

時折《ときおり》、すれ違う人も同じようにフードを被っている。ここでは互いの詮索《せんさく》はしないのがルールだ。

「ベルード、今日も頼むよ」

「おう、レインか。見せてみな」

《鑑定師《かんていし》》ベルードの前に本日の収穫を見せる。

同時に、フードを取った。

中性的《ちゅうせいてき》な顔立ちで、一見すれば女性と間違ってしまいそうだがれっきとした青年は、少し長めの銀髪《ぎんぱつ》を整える。よく女性に間違えられることが悩みの種ではあったが、それはそれでメリットがないわけではない。

「女だったら良かったのに」とよく言われることは少し嫌だったが。

青年の名はレイン。Bランクの冒険者《ぼうけんしゃ》にして《蒼銀《そうぎん》》の異名《いみょう》を持つ。

蒼《あお》というのはレインの瞳《ひとみ》の色で、銀は髪の色のことだ。

EからSまで存在している冒険者のランクとしては中堅《ちゅうけん》クラスより上程度だが、若くしてこの実力ならば十分に上の方である。

けれど、レインの目的は強くなることではない。

あくまで、将来を見据えて楽に生活するための資金繰《しきんぐ》りをすることだった。

だから、こうして表のギルド報酬《ほうしゅう》だけでなく、裏で買い取りを行ってくれる闇市《やみいち》への取引も行う。

ギルドを介さずに報酬を受け取ることは違法《いほう》とされていることだったが、冒険者の中ではそうしたことをしている者も珍《めずら》しくはない。手っ取り早く稼《かせ》ぐならそれが一番だ。

「なかなか良い物を揃《そろ》えたな」

「だろう？　結構苦労したんだ」

いつもより深く《迷宮》を潜った。

この世界には迷宮と呼ばれるものがある。

それは塔の形をしていたり、あるいは動物のようなものを象《かたど》っていたり、どこまでも続く地下だったり——過去を生きた人間達の残した《遺物《いぶつ》》が見つけられる場所だ。

この近くにも、まだまだ冒険者が挑み続けている迷宮が存在している。地下に潜るタイプのものだった。

単独であまり奥まで行くことは危険とされているが、レインくらいの実力があればある程度までは問題はない。——その分見返りもある。

今日はなかなかいい数の遺物を揃えた。その中には、かなり強力だと思われる魔道具《まどうぐ》もある。

「こいつは……」

「お、やっぱりそれかな」

レインも頷《うなず》く。間違いなく強力な魔道具だと思っていたそれをベルードが手にして唸《うな》った。

強大な魔力を備えているのが魔導師《まどうし》であるレインには一目で分かる。

だが、ベルードは首を横に振った。

「こいつぁ鑑定できねぇな」

「な、どうしてだ!?」

驚きの声をあげるレインを、ベルードが手で制止《せいし》する。

ベルードはこうして裏取引をやっている分、信頼できる鑑定師であり実力者だ。

鑑定スキルという特殊な技能が存在している。ベルードは細目でそれを見ながら、

「呪《のろ》い、みたいなもんか？　はっきり言っちまえば、それのせいで効力が分からん。強力な性能をしているのは間違いないんだが……」

「呪い……」

レインもなんとなく察《さっ》した。これを手に入れたのは迷宮の中でも通常の通路とは異《こと》なる隠し扉にあった。

まだ発見されていなかったのが幸《さいわ》いして、そこでいくつかの魔道具を手に入れたのだが、鑑定できないというのはレインが高値で売れると思っていた腕輪《うでわ》だった。

「悪いがこいつは諦《あきら》めてくれ」

「……それの、解呪《かいじゅ》か呪いの効果さえ分かれば、買い取りは可能かな？」

「解呪すればな。効果の場合はそれにもよるが――って、鑑定もできないもんどうするんだ」

「僕はこれでも魔導師としてはそれなりに優秀だと思っているよ。もしできたら、そのときは高値で頼むよ」

買い取ってもらえるものだけお金にかえて、レインは足早に帰宅する。早々に、準備に取り掛

かった。

呪いを解くには魔道具自体に細工するのが一番早いが、これほど強力なものだと魔道具自体の性能になんらかの支障《ししょう》をきたしかねない。

そうなると、レインの選択肢はおのずと一つになっていた。

「とりあえず、つけてみるか……」

熟練の魔導師ならばそんな選択はしない。

けれど、レインは実力はあれども、まだ若い魔導師だった。

強い呪いだったとしても自身ならば対抗できる――そう思い体内の魔力を循環《じゅんかん》させる。

呪いが定着しないように流し出してしまおうということだ。

「それじゃあ……」

カチャリと腕輪を装着する。特に何事も起こる様子はない――そう思った瞬間、

「っ！」

腕輪から黒い模様が身体に流れ出していった。

レインは慌てて腕輪を外そうとするが、すでに癒着《ゆちゃく》したように離れない。

（お、落ち着け！　魔力の循環は問題なくいってる！　そのまま外に流し出せば――）

呪いの対抗手段としては定石《じょうせき》――だが、その呪いはレインの上をいくものであった。

（な、流れ出ない!?　それどころか、全身に癒着するみたいな……）

身体の中を血液が巡るように、お湯が身体の中を流れていくようだった。

まずい――そう直感しても、すでに対策のしようがない。

「はっ……はっ……」

動悸《どうき》は激しくなり、めまいもする。頭を抱えたまま、レインはその場に倒れ込んだ。

（く、そ）

目先の利益にとらわれて失敗する――冒険者にはよくあることだ。

レイン自身、それを知っていたはずなのに。レインの意識はそのまま闇にのまれた。

「ん……」

気がつくと、夜になっていた。

まだはっきりとしない意識の中、明かりをつける。

数時間ほど眠っていたのだろうか、身体はまだ少しだるさが残っていた。

けれど、意識を失う前ほどのつらさはない。

ちらりと腕輪を見ると――すでに外れていた。

「解呪……できたのか？　僕は何も――」

ふと、腕輪をつけた腕の方を見ると、黒い模様がまだ残っていた。呪い自体は付与《ふよ》されてしまっているらしい。

「うわぁ……消えるかな、これ」

レインは痕《あと》を気にしながら、洗面所へと向かった。思った以上に汗をかいていたのか、身体もべたついている。

「とりあえず、シャワーでも浴びてから……明日鑑定してもらおう」

レインは服を脱いだ。一糸《いっし》まとわぬ姿になったとき、違和感を覚えた。

（あれ、なんか少し胸が……）

大きい。胸板が出ているとかではなく、女性的にという意味だ。

目立つほどではなく小ぶりとは言えるが、それでも普段の自身の身体とは違った。

それに、やけに肌も綺麗《きれい》になっている。

そんな違和感が確信へと変わったのは、下を見たときだった。

「は……？　な、ない!?」

レインは目を見開く。

中性的な容姿であるレインでもそれがあるからこそ男であると言えた。その象徴《しょうちょう》が消滅してしまっているのだから、驚くのは無理もない。

レインは慌てて鏡の前に立った。

銀髪は少しだけ伸びていて、さらさらと流れるようになっている。顔立ちはやや幼くなり、まるで本当に少女のようだった。

心なしか、身長も縮《ちぢ》んでいる。肩幅なども含めれば、完全に一回り小さくなってしまっている状態だ。

「は？　え？　お、女……になってる、のか？　僕は……」

それがあの魔道具の呪いの効果だと気付くのに、それほど時間はかからなかった。

「落ち着いて、そう、落ち着つくんだ……」

レインは自らにそう言い聞かせ続け、それでも落ち着かないままに家の中を歩く。

そして、一先《ひとま》ずシャワーを浴びた。満足には洗えなかったが、それでも落ち着こうとした。

次に魔道具の方を確認して、レインはまた大きく動揺した。

強く発せられていたはずの魔力が感じられなくなっていたからだ。

すでに魔道具としての役割を終えている——手首に残った紋様がその証だ。

(女になる呪い……？　そ、そんな馬鹿げたことだけでここまでの魔力を使うはず……いや、でも性別が変わるほどになると……)

ふらつく足取りで、また鏡の前に立つ。

やはり、姿は変わらなかった。中性的であった容姿が明らかに女の子に寄ってしまっている。

ただ、ローブで顔を隠せばまだ問題はないとレインは深呼吸をした。

(明日……まずはベルードのところへ行って、鑑定してもらおう)

すでに機能は失ってしまっているかもしれないが、効力自体が鑑定できないわけではないはず。

それで、どういうものか分かるはずだ。

レインは床につこうとするが、まったく眠気がしない。

先ほど気絶してしまったのも原因にはあるのかもしれないが、着ている服も落ち着かなかった。

やはりサイズ感は微妙に違ってしまっている。

やや身体が小さくなって、ブカブカとなってしまっている部分が大きい。胸も直接布で擦《す》れると違和感があったので、包帯《ほうたい》を巻いておいた。

手首の紋様についても包帯で隠す。黒い紋様は明らかに呪いを受けているということが分かってしまうからだ。

「……」

静かにしていると、先ほどまでの自分を呪いたくなる。効力が分からないものをつけるなんて、自業自得《じごうじとく》すぎた。

魔道具にそんな呪いのような罠をかけるなんて思わなかったし、何より解呪にもそれなりに自信はあったからだ。

（日ごろの行いか……？　そんなの、僕だけじゃないだろ……）

なんとか売ろうとしたことがそもそもの発端《ほったん》だ。

危険な物だと判断して破棄《はき》していれば——そんな後悔が頭を過《よぎ》る。

（いや、弱気になるのはまだ早い……）

元に戻れないとは限らない。呪いなのだとしたら、そもそも解呪する方法はあるはずだ。

レインは起き上がる。解呪についての方法を実践《じっせん》するためだ。

どうにかなるはず——そんな希望もむなしく、気がつくと朝を迎えていた。

「朝か……あっ！」

レインは慌ててローブを着て外に出る。早足でベルードのところへと向かう。だが、

（くそっ、走りにくいなっ）

服のサイズだけでなく、歩幅にも慣れない。

こうして走ろうとすると、まだ身体の感覚が上手く掴《つか》めていなかった。慌てていたので足が絡《から》んでしまい、

「あ……っ！」

「——っと、大丈夫かい？」

転んだところで、一人の女性に身体を支えられた。見上げると、そこにいたのは長い赤髪の女性だった。

大人びた雰囲気のある女性で、胸の開いた服装をしている。

こちらが恥ずかしいくらいで、思わずレインは目をそらす。

「ご、ごめん……」

「ああ、構わないよ——って、君、レインか？」

ドキッと心臓が高鳴る音がした。

近くで見ると、女性だというのに——レインの目にはかっこうよく見えてしまったのだ。

彼女が『レインか？』と聞いてきた理由は単純。銀髪の青年といえばレインしかいない。だからそう聞いてきただけだ。

赤髪の女性の名はリース。《紅天《こうてん》》と呼ばれる女性しか所属していないパーティのリーダーだった。

この町でも最上位に位置する実力者揃いのパーティであり、以前レインを女と勘違いして誘ってきたこともある。誘われたときは悪い気分ではなかったが、もちろん男だと言って断った。

「……そ、そうだけど」

「私の気のせいか？　近くで見ると雰囲気が——」

「ごめん！　僕、ちょっと急いでるからさっ」

何か言われる前に、そそくさとレインはその場を立ち去る。

あまり接点はなかったけれど、ギルドで会えば会話をするくらいの間柄《あいだがら》ではあった。

　レインの状態の変化に気付いてもおかしくはない。

「あれはどう見ても……」

　リースは去っていくレインを見送る。

　そんな言葉はレインには届かず、やっとの思いでベルードのところまでやってきたのだった。

「これ、鑑定お願いっ！」

「お、レイン、か？」

　ベルードにすら、疑問形で聞かれてしまう始末である。フードを被ったまま、頭を伏せて答える。

「そう、だけど？　どうして？」

「いや、やけに声が高いなと思ってな」

「……っ！　か、風邪だよ」

「普通低くなるだろ。まぁどうでもいいか」

　レインも気付いていなかった。

　昨日から、さらに声質も微妙に変化してしまっているということに。慌てて低い声を出すように努力する。

「こいつは昨日の魔道具だな……解呪できたのか」

「ま、まあね。それで、そいつはどういう効果を持ってるんだ？」

「……こりゃあ、すげえな。いや、凄かったというべきか」

　ベルードは目を見開くが、その言い方からはすでに、魔道具は効果を失っているということが分かってしまった。

「ど、どういうことかな？」

「こいつは望みを叶えることができる——いわば神代《しんだい》クラスの遺物だ」

その言葉に、驚いたのはレインだった。

望みを叶える？　そんなこと、一切起こっていない。

「なっ、望みなんて何も——」

はっとして口元をおさえる。危うく『使ってしまった』という事実を言ってしまうところだった。

途中だったからか、ベルードはレインの言葉に頷き、

「ああ、だからもう効果はない。解呪したときに気付かなかったか？」

「いや、それはなんとなく分かってたけど……」

呪いを解除したわけではなく、純粋に魔道具の効果を受けた。

レインに起こった現象はそういうことだった。

「こいつぁ主効果が他人の願いを叶えるものだ」

「た、他人の願い、だって？」

「ああ、装備者が望まれていることを叶える——そういう魔道具だ。もし効果が残ってりゃ、現存する魔道具の中でも最高峰《さいこうほう》だったろうな」

他人から望まれていること——それがたとえば英雄だとしたら、世界を救うほどの力を手にするとかそういうことなのだろう。

ただ、そういうこともなくつけたレインが最も望まれていた事実は——女だったらいいな、というレインが言われることを嫌うことだった。

（それで女になったって……嘘《うそ》だろう……）

　レインはその場にへたり込む。

　ベルードは困ったような顔をしながら、

「落ち込む気持ちは分かるがよ。こういうこともあるだろうさ」

　そう慰《なぐさ》めるように言った。彼はレインがもう魔道具が使いものにならないことに落ち込んでしまっているのだと思っている。

　だが、レインはそんなことを気にしている場合ではなかった。

　呪いによって鑑定できなかったのではなく、神代クラスの強力な魔道具だったために、力が強すぎて見えなかったということだ。

　解呪できなかったのではなく、そもそも呪いではなく付与だから解呪できなかったのである。根本的な解決方法を間違えていた。

　レインはふらつきながらその場を立ち去る。

「おい！　こいつは処分でいいのか？」

「ああ、適当《てきとう》に捨てといて……」

「ったく、相当な落ち込みようだな」

　レインが去った後、ベルードは再度使えなくなった魔道具を確認する。

　よく見れば、それには主効果だけでなく別に副効果が付いていた。

「幸運減少……？　それに魔力増大に魔法強化か。きちんと魔道具としての役割も果たしてはいるんだな。幸運減少っていうのはよく分からんが、まあ、これくらい効果が付いてたら、相当高値で取引できたかもなぁ」

それを聞くことはなく、レインはそのまま帰路についた。

＊＊＊

――ウォース大陸のやや北方よりに、イバルフの町はあった。いまだに開拓《かいたく》されていない土地もあり、前線基地となる町から冒険者が開拓を行い、また新しい町が誕生することもある。

ここは山間部が近いため、より北方への開拓は遅れていた。

何より、魔物もそれなりに凶悪だったからだ。

ただ、ここには多くの冒険者が集まる。大陸で名の知れたレベルの冒険者もやってくることがあるほどだ。

レインはそこまでではないが、今の実力でいえば少なくとも町にいる冒険者の多くは名を知っている。

《蒼銀》のレイン――氷使いのBランク魔導師だ。あまり人とは組みたがらず、交流関係はさほど広くない。何か隠しているんじゃないか、と噂《うわさ》されているくらいだが、実際に隠していることといえば闇市で売られるような魔道具や装飾品を裏で売ることだ。

中性的な容姿をしているが、れっきとした男。温泉や銭湯《せんとう》から出ていく姿を見たこともあるという噂もあるが、そういうところにレインが行くことは滅多にない。

中堅よりもやや上くらいの冒険者――順調に行けばもっと上にも行けるだろう。

そんなレインも、今の状況には頭を抱えていた。

「も、戻れないのかな……」

ベッドの上でちょこんと膝《ひざ》を抱えて座っている。

口調などには大きな変化はないが、レインは気付かないうちに精神的な影響も受けていた。

普段なら絶対にこんな格好をして落ち込むようなことはない。

それをレインも、頭の中で理解していた。

（精神影響もあるのか……？　なんで僕がこんな目に……）

ただ将来的に、楽をして暮らしたいと思っていただけだ。

少しは働けというのなら、今のうちに冒険者としてがっつり働いて、早めにリタイアするのがレインの理想だった。

レインの選択肢は三つ。

一つ目はもう何もかも諦めて女の子でした！　というように過ごすこと。

ただし、もう男に戻るという道は断たれる。

二つ目は物凄く嫌だが、誰かに説明して助けを求めること。

ただし、裏でそういうことをしていたという事実がばれたら場合によっては冒険者の資格にペナルティが科される可能性はある。

三つ目は――ギルドに再登録すること。

二重登録は違法だが、これが最も簡単でやりやすい方法であると言えた。

一時しのぎにはなるが、戻る方法を探りながら依頼を受けることもできる。

Eランクからのスタートだったとしても、冒険者として迷宮の中へ入ることができれば後は奥地まで勝手に行けばいい。

「これしかないっ！」

レインは勢いよく立ち上がると、家の中を物色しはじめた。

くすねた魔道具の中にはいざというときのために取っておいたものがある。

その中には、このときのためと言わんばかりの品物もあった。

「確かこのへんに――あった……！」

波のような薄い模様が描かれた白色の仮面。

人の認識を薄くさせる効果を持つ魔道具であり、これをつけていれば少なくとも顔回りは完全に隠すことができる。

身体はローブで包めばいいし、そもそも顔さえ見えなければ問題ない。

「これで完璧だっ！」

鏡の前に立つ。どこからどう見ても誰か判断することはできない。

低めの声も出す必要はない。高い声になってしまったのなら、このままの状態で何食わぬ顔をしてギルドに行けばいいのだ。

（ふふっ、僕としたことが冷静さを欠いていた。やるべきことは何も変わらない……）

楽して生きるために今を頑張る――レインは決意を新たに冒険者の道を歩くことにした。

善は急げ、とレインは家から飛び出してギルドの方へと向かう。

身体の感覚にまだ慣れていないことを思い出して、今度はこけないようにと慎重《しんちょう》に、それでも急いで向かった。

この状態がすでに冷静さを欠いているとは、レイン自身は考えてもいない。

ギルド――多くの冒険者が集い、冒険者の入手したものの管理や、仕事の依頼の管理を行っている。冒険者として活動するならばギルドに登録した方が仕事も多く受けられるし、メリットが多い。活躍した分だけ怪我《けが》をしたときなどの保障が得られることもあるからだ。

さらに、冒険者ギルドではパーティの募集を呼び掛け、そこでは有名な冒険者同士がパーティを組んでいることもある。

何事にもルールは必要――ギルドはいわば放っておけば無法となってしまいがちな冒険者を互いに守るための存在とも言えた。

「……」

そろりと、レインはローブに仮面姿という奇抜《きばつ》な格好で入る。

知らない冒険者が来た――それだけで一斉《いっせい》に視線は集まる。

（うっ、こっちを見るんじゃない……）

そう思いながらも、ここを乗り切れば特に問題はなかった。魔導師には意外でもなんでもなく、こういう素性を隠した人物は珍しくはない。

受付に向かっている間に、すでにレインへの視線の数は減っていた。

「あの……冒険者として登録したいのだが」

話し方を少し変えて、受付の女性に話しかける。

ギルドの受付とは普通に顔見知りだった。

ブロンドの髪をした眼鏡の女性、リリ。真面目そうな、というよりも真面目な性格だった。

二重登録しようとしていることがばれたら、間違いなく怒られるだろう。

「新規登録をご希望の方ですか？」

「ああ」

「でしたら、こちらの書類にいくつか記入をお願いします」

そうして、リリから一枚の紙が渡される。前衛か後衛か、魔法は何が使えるか、得物《えもの》は何か、などの記入欄はあるが、これらは無視する。

パーティ斡旋《あっせん》を希望する者のみが書けばいいところだ。

レインはすぐに名前欄のところへ適当に記入しようとしたとき、

「君……ちょっといいかな」

レインに話しかけてきたのは、《紅天》のリーダーで赤髪の女性、リースだった。

思わずビクッと反応してしまう。

「な、何か？」

レインは昨日、リースに素で話しかけていることを思い出し、声色を変えた。

いぶかしげな視線をリリから送られるが、ギルドの受付はこの程度のことでは突っ込んでこない。

「いや、なかなかに腕が立ちそうだと思って……紙に何も書いていないようだが、内容によってはうちに誘おうかと」

「……なっ、女性だけを入れるのでは……？」

「よく知っているな？」

「あっ、た、たまたま聞いたんだ」

「そうか。私は君を女性だと思って話しかけたのだが、違うのかな」

（なんで分かるんだよっ）

心の中で突っ込む。

レインも思わず身体の方を見る。ローブで身を包んだこの身体で、そんなに女性的かどうか判断できるものなのだろうか、と。

実際、レインは気付いていないが身体の輪郭や身長から見て、おおよそ女性であると判断することは難しくはなかった。

「ぼ――私は男だ」

「おや、そうだったか」

「あの、リースさん。受付の前で登録前の人を勧誘するのは控えてもらっても……？」

「ああ、すまない。ちょっと気になったのでね」

リースはひらひらと手を振ると、そこから立ち去ろうとする。

（危なかった……）

ばれたかと思ったが、その心配もなさそうだった。

レインは再び紙に記載をしようとする――だが、カァンッと町中に、大きな鐘《かね》の音《ね》が響き渡った。

「……っ！　魔物の襲撃の合図ですね。申し訳ありませんが、登録は少しお待ちください」

「……ああ」

（なんてタイミングだよ……）

最前線に当たるこの町では、開拓をしていない場所から強力な魔物が襲撃してくることがある。

それでも最近はなかったというのに、このタイミングでやってくるなんてまったくついていなかった。これが、レインの不運の始まりだということに、本人が気付くことはない。

「ワ、ワイバーンの群れが来たぞ！」

ギルドに駆け込んできた冒険者がそう叫ぶと同時に、ギルド内はざわついた。

魔物には危険度を指し示す指標《しひょう》がある。冒険者のランクのようなものだ。

ワイバーン――小型の竜種《りゅうしゅ》で、危険度はB級。Bランクの冒険者ならば単独で戦うことが可能ということだ。

ただし、それが群れとしてやってきたのならば話は別だ。

（群れ……だとしたらAランク程度の冒険者が出る必要があるかな）

「私も行ってくる。すでに何人か向かっているだろうが」

「リースさん、ありがとうございます」

リリとリースが話をしている。

リースはAランクの冒険者だ。Sランクではないがギルド《紅天》には確か他にSランクが一人所属している。最強のギルドと名高い紅天が出るのならば、特に心配することもないだろう。そう思っていたが、

「グゥラァアアアアア！」

外から、その鳴き声は聞こえてきた。

明らかに人のものではない。ギルドの内部がざわつく。

「ワ、ワイバーンがここまで？」

「数十体規模の群れだったから……前線だけじゃ抑えきれないんだ」

リリの言葉に、先ほど報告にやってきた男が答える。

それはもう群れというレベルを超えて、大群と化していた。凶悪な魔物が単独でやってくることはあっても、こうして集団でやってくるということはほとんどない。

冒険者達だけでなく、皆外へと飛び出していく。

レインもそれに続く。空では複数体のワイバーンが飛翔《ひしょう》していた。

「ちっ、何をやっているんだ」

リースが動く。建物の上に登って迎撃の態勢に入ろうというところだろうが、ワイバーンは高く飛翔している。

彼女は前衛タイプの冒険者だったはず――滑空《かっくう》をしてくるときくらいしか、狙うタイミングはないだろう。

レインならば十分に狙える距離ではあるが、ここで目立ちたくはないという気持ちがあった。

何か起こるまでは静観しよう――そう思ったとき、上空を飛ぶワイバーンが火球を吐き出した。

それはちょうど、ギルド上部へと落下してくる。

周囲を見渡す限りだと、あの攻撃を防げる冒険者はレインしかいなかった。

近接特化のリースだけではワイバーンの火球をすべて防ぐのは難しいだろう。

Bランクである魔導師のレインならば、相性は多少悪くても防ぐことはできる。

一瞬ためらったが、ギルドの中には職員も残っている。――今は緊急事態だ。

「氷結せよ、凝縮せよ、連なる壁となって顕現《けんげん》せよ――」

詠唱《えいしょう》を開始して、すぐに魔法を発動する。

《アイシクル・ウォール》――氷の中級魔法であり、それなりの大きさの壁を作り出す防御魔法だ。

降り注ぐ火球をいくつか防ぐ程度ならば問題ない。そう思ったが、魔法が発動した瞬間に強い違和感を覚えた。力が無理やり出てしまっているような、力んでいる感覚。

レインはこの姿になってから、まともに攻撃魔法を発動していなかったので気付かなかった。

自身が異常に強化されているということに。

――ゴォオオオオオオオオオッ！

爆音と共に生成されたのは、もはや中級魔法というレベルのものではなく、

「な、なんだ……⁉」

「氷の、山⁉」

「すげえ、どんなレベルの大魔法なんだ……」

ワイバーンの火球を防いだのは、数メートルはあろうかという分厚い氷の壁。

それが何十メートルにもわたり、巨大な屋根となって降り注ぐ火球を防いでいた。

ぶつかったところで、表面が多少削れるだけだ。周囲の冒険者達が驚きの声をあげる中、一際驚いていたのは――

「えええええええええっ⁉」

レイン本人だった。

る。

（ぼ、僕か⁉　いや、こんなの上級魔法のレベルも超えているぞ⁉）

使ったのは中級魔法。それにも拘《かかわ》らず、威力だけで言えば上級魔法を超える威力。

一瞬自分が使ったものではないのではないか、と疑ったが、魔法を発動した本人だからこそ分か
あの巨大な氷の塊を作ったのはレイン本人だ。

当然、多くの者が顔見知りのこの場では正体不明の冒険者希望である者に視線が注がれる。

（僕がやったと思っているのか⁉　いや、僕がやったんだけど！　くそっ、訳分からんっ）

「今の魔法は君か？」

「えっ？　ち、ちが……いや、違わないけど……」

思わず素で答えてしまった相手は、《紅天》のリーダーであるリースだった。彼女は驚いた表情で問いかけてくる。

「その声……昨日から違和感はあったが、レインか？」

即バレである。

レインはあたふたとしながら首を横に振る。

「ち、違うよ。僕はレインなんてやつ知らないっ」

『私』から『僕』になっているぞ」

「……っ⁉」

レインはもう言い訳が思いつかない。そのまま黙ってしまうと、リースは上を見上げた。

「あのレベルも浮かせられるなら、足場も作れるな？」

「え、作れるけれど……」

「いくつか頼んだ。私も上に行って何匹かやる」

リースが構えたのは槍だ。そのまま、跳躍だけで建物二階分を跳ぶ。

「や、やるとは言っていないんだけど……」

そう答える前にリースは行ってしまう。身バレしている以上、断るわけにもいかない。

巨大な氷の壁を砕いて操作する。

ちょうどワイバーン達を追うように、それを上手く操作できることにも驚いた。

以前に比べても、魔法を扱うことに一切の抵抗がない。

このレベルの魔法を使ったという事実にも驚きだが、その後のコントロールも自然な形でできてしまっている。

(ほ、本当に僕がやっているのか……)

リースが上空ですでに何体かのワイバーンと交戦している中、危険を察知してその場から離れようとするワイバーンもいた。

(しょ、初級魔法なら……大丈夫かな)

《アイス・ショット》。最も基礎的な氷魔法で、小さな氷の塊を飛ばす魔法だ。

逃げるワイバーンを狙って撃つ。

生成《せいせい》された氷はそれほどまでの大きさではない。中級魔法には驚いたが、こちらはそこまででもないようだ——そう思って加減なしで発動してしまった。

「カッ⁉」

目にもとまらぬ速さで、氷の弾丸《だんがん》は加速し、ワイバーンを貫いた。

通常ならばもっと遅い攻撃のはず。今度は声をあげなかったが、

（えええええっ！　何あの速さ！　誰も避けられないだろ！）

氷の操作をしながらワイバーンを打倒《だとう》する——その姿を周囲の冒険者達から見れば、Sランクレベルの魔導師であると想像させるのは容易《ようい》だった。

「な、何者なんだ……あの魔導師は……」

すでにリースには正体を見破られてしまっているが、他の者にはまだばれていない。

周囲のそんな視線をよそに、自身の力に驚き続けているレインがそこにはいた。

空中で足場を作ればそこを跳び移りながら、リースがワイバーンを次々と倒していく。

レインも同様だ。ただの初級魔法でワイバーンを屠《ほふ》るレインはすでに注目の的。

いつものレインなら負けはしないにしろ、戦いには発展するだろう。

そうなる前に次々とワイバーンを撃ち落としていく姿に一番驚いているのは相変わらずレイン本人だった。

「これで、ラストだ」

リースがワイバーンの喉元《のどもと》を貫いた。そのまま地上へと落下してくる。

レインも氷の魔法を解除する。氷塊は小さな氷の粒となってそこら中に降り注いだ。

（あの魔道具の影響か？　神代のものとか言ってたし……）

望まれたことを叶えるだけだと思っていたが、他にも効果があったのだろうか。

レインは副効果については知らない。

とりあえず、何か話しかけられる前に逃げてしまおう。そう思ったところで、

「レイン、協力感謝する」

リースが普通に話しかけてきた。

こういう格好をしている時点で何かしらあったと察してもらいたいところだが。

なんとか誤魔化《ごまか》そうとするが、言い訳が思いつかない。

「い、いやぁ……僕はレインではなくてですねぇ」

「……？　何を言っているんだ？　そういえば、正体を隠して冒険者に再登録などどういうつもりだ。罪を犯したわけでもあるまい」

「うっ」

犯罪に手を染めたわけではない——それを完全に否定できるわけではない。

一応、魔道具をギルドの許可なく市場へと流通させる行為に加担しているのだから。

ただ、それで正体を隠しているわけではない。

「それに驚いたな。改めて近くで見て確信したが、君は女の子だったんだな」

「ち、違うっ！　僕は男だ！」

「なんだ、やっぱりレインじゃないか」

「あっ」

墓穴《ぼけつ》を掘ってしまい、完全に身バレしてしまった。——しかも、女になってしまっているということも。

リースからしてみると、実は女だったという風にしか思えないようだったが。

誤魔化しが利かないと判断したレインは、リースに対し、

「と、とにかくっ！　僕がここにいたことは黙っていてくれ」

「まあ、別に構わないが……後で説明はしてもらうぞ。それと、ワイバーン討伐の報酬はいらないのか？」

「あ、後で僕のところにでも送って？」

一応、そこはもらっておく。ワイバーンを複数体となればそれなりのお金がもらえるはずだ。

踵《きびす》を返してその場を去ろうとすると、

「あ……っ！」

ちょうどいいところにレインが砕いた氷の破片が落ちていて、つまずいた。

すてーん、と両手をあげて綺麗にこける姿を、その場にいた全員に見られる。一気に視線が集中した。

「こけた」

「こけたな……」

「謎の魔導師がこけたぞ！」

（そんなに言わなくてもいいから……っ）

こけたのは自分のせいだから何も言えない。

先ほどから思ったが、どうにも転んだりしてついていない。何か呪われているかのような――そう思ったとき、魔道具の存在が一瞬ちらつく。

（いや、さすがにそんなことはないよな……）

不運まで魔道具のせいにするのは良くない。気をつければいいだけのことだ、とレインは気にせずに立ちあがる。

仮面のおかげで特に顔も怪我せずに済んで良かった――ピキッ。

「ピキ？」

後ろにいたリースが聞いた音を口にする。レインも一瞬、なんの音か分からなかったが――パリンッ、とそれが砕《くだ》け散ると、レインの視界は広くなった。

レインのつけていた仮面が割れたのだった。

視線が集中している中で、何が起こったのか分からないレイン。

特徴的な銀髪をしたレインの顔を見て、多くの冒険者が驚きの声をあげる。

「おい、あれレインじゃないか？」

「女みたいな男の……でもいつもより女の子っぽくない？」

「《蒼銀》か、確かBランクじゃなかったか？」

「いや、あれはどう見てもSランク相当の……」

「Sランク相当なのに力を隠したドジッ子か……」

「……っ！」

具体的に何か属性を付与しようとしている者までいる中、レインは顔を真っ赤に染めて慌ててその場から立ち去った。

（なんでこうなるんだよっ！　しかも一回こけただけでドジ呼ばわりするなっ）

正体がばれてしまったこともそうだが、恥ずかしさもあってその場から逃げだした。

「さっきの魔導師の方……レインさんですか？」

「……ああ、そうみたいだが」

リリの問いに、リースも答える。

その日から、レインの噂は広まり始めていた。

実はSランクだったとか、ドジッ子とか、今まで以上に女の子っぽくなっていたとか――幸い女だと断定するような話はなかった。

しばらく家に引きこもっていたレインだったが、ギルドから送られてきたワイバーン討伐に関する報酬と共に、『ギルド再登録の件について』という手紙が封入されていたことにより、またギルドへと向かうことになった。

＊＊＊

レインはギルドの内部にある応対室に通される。個別に依頼などをするときに通される場所であり、冒険者がここに入ることは滅多にない。

カップに注がれたコーヒーを飲んでは置いてを繰り返し、レインは落ち着かない様子だった。

内容が『ギルド再登録の件について』なのだから、当然だ。

結局、正体を隠してギルドに登録しようとしたことがばれてしまった。

ワイバーン討伐に関する報酬が支払われているところを見ると、いきなり責《せ》められるということではなさそうだが。

もう仮面はつけていない。目深《まぶか》にフードを被ってここまで歩いてやってきた。

やはりちらちらとこちらを見てくる者はいたが、それでも話しかけてこようとする者はいない。

酒場でよく会う連中だったら話しかけてきたかもしれないが、彼らは基本的にこの時間は迷宮か魔物の狩りにでかけて、夜に戻ってくる。

実際、レインもそういう生活を送っていたわけだ。

ここ最近は酒場にも行けていない。本当は酒でも飲んで何もかも忘れたい気持ちなのだが――

「お待たせしました」

リリと、その後ろからリースがやってきた。どうやら二人だけらしい。

ギルドの正式な書簡《しょかん》が送られてきたので、もっと上の人がやってくるかと思っていた。

「さて、それではお話を聞かせていただこうと思いますが」

「あの、ギルドの正式な呼び出し、だよね?」

「いや、そう呼ばないと来ないかもって思って」

答えたのはリースだった。この二人だけしか来ないというのはつまり、呼び出した理由は手紙の内容通りなのだろうが。

「な、騙《だま》したのか！」

レインが立ちあがる。リリがそれを制止するように、

「あなたが冒険者を二重登録しようとした疑惑――すでに確信ですが、リースさんからの申し出により私が調整してこの場にとどめました。その事実をあの場で確認していたのは私とリースさんだけでしたので。報告をすれば私よりも上の者がやってきますよ？」

淡々《たんたん》とそう告げるリリに、レインも大人しく席に着く。真面目そうに見えたから、すぐにそういうことは報告するものだと思っていた。

けれど、少しは融通《ゆうずう》の利く性格らしい。

あるいは、その隣にいるリースがそれだけの影響力を持っているのか。

「きちんと説明してもらう、と言っただろう。理由も聞かずに報告というのは待ってもらった」

「私もあなたのBランク冒険者としての実力は知っています。ですが、先のワイバーン襲撃の戦闘力はその比ではありませんでした」

「そ、それは……」

「まず一つ目、実力は隠されていたという認識であっていますか？」

「女の子だった方の追及《ついきゅう》ではないのか？」

「リースさんは少し黙っていてください」

そんなコントのような会話を繰り広げる二人。

リリは真面目にレインがそれだけの実力者だったかを聞きたいらしく、リースは女の子であったことをなぜ隠していたのかを追及したいらしい。

ちなみにどちらも間違っている。

レインは元々男だったし、実力もBランクの認識で間違っていない。すべてあの魔道具が原因だった。

ただ、それを正直に話せば――

（二重登録どころか遺物の無断売買まで見つかったら、さすがに資格の剥奪くらいまでいっちゃうかな……)

レインはできるだけ自然な形になるように、質問に答えることにした。

「実力を隠していた、というのはイエスとなるかな」

「そうですか。それについては理由をお聞きしても?」

「理由というか、ただあまり目立つのは苦手だっただけで……」

「ああ、確かにあまりパーティとか組みたがらないな。性格の問題か」

「そんな感じ、かな」

隠していたことは別に問題とはならない。問題となるのは次の質問だった。

「では二つ目――なぜ、正体を隠してもう一度登録をしようと?」

「そ、それは……いや、それも同じ理由だよ。目立ちたくなかった、それだけだよ」

一応、事実ではある。あまり接点のない人間からは気付かれないかもしれないが、普段から会っている人間からすればその違和感はぬぐえない。明らかに女の子っぽくなっているのだから。

まだ「男だ」と言い張ればギリギリいけなくもない――レインはそう考えていたが、リースにはすぐにばれてしまった。

「そういう理由で二重登録をするのは正直、褒《ほ》められたものではありませんね」

「うっ、ごめん……」

リリの言うことは正しい。レインも謝るしかなかった。

はあ、と小さくため息をつきながらエリは続ける。

「ですが、ワイバーン討伐の件ははっきり言ってあなたがいなければ被害は大きくなっていた可能性も高いです。ですので、この件に関しては未遂《みすい》でもありますので、不問とすることにします」

「え、いいのか？」

「まあ、もうレインは魔導師としてはかなりの有名人になってしまったから、隠す必要もなくなっただろう」

町中で噂されている、Sランク冒険者に匹敵する魔導師——レイン。それはもう揺るがない事実だった。

レインももう広まってしまったものは諦めている。

「ただ、不問にするのに一つの条件を呑んでもらうことになります」

「……条件？」

「うちのパーティで君を管理することになった」

「え、紅天に……？」

要するに、不問にはするが監視はするということだろう。

つまり、不問になった理由についてはリースがパーティに受け入れて見張るから許すというような裏取引が行われていた。

これについてはレインに拒否権《きょひけん》はないが——

「ぼ、僕は男だって言っただろう」

「いやいや、以前に見たときはそうだなと納得したが、今の君は私から見れば間違いなく女の子だよ。どうして前は気付けなかったのかな」

「んー、確かに女の子っぽくなりましたね。本人が言い張っていれば男に見えなくもない？」

「だ、だから僕は男だって――」

「どれどれ」

すっとリースが身を乗り出して、レインの胸元を引っ張る。

そのまま胸の部分を確認しようとしたのだ。

「っ!? い、いいいきなり、何するんだよ！」

「胸元見れば分かると思ったけど、さらしも巻いているんだな」

「リースさん、デリカシーがないですよ」

「まあまあ。言い張るのは本人の自由だが、紅天に入る条件は満たしているよ。それとも、女の子だってばれたくない理由でもあるのかな?」

リースの問いに、レインは頷いた。元々男だったのだから、急に受け入れろと言う方が無理な話だ。

「……そうだよ、悪いか?」

「別に悪くはない。君を男としてパーティに入れることも可能だ」

「え? そ、そうなの?」

「当然だろう。だって、パーティのリーダーは私だよ?」

「あっ」

それを失念《しつねん》していた。パーティのリーダーであるリースが受け入れる条件を変えて表向きには男として受け入れたとすれば特に問題はない。

そこまでして入れたいというのは、やはり魔導師としての実力を買ってのことだろう。

そもそも、元々の実力でも誘われるくらいではあったのだから。

「で、でも、そんな女の子しか入れないっていうルールを設けていたからには理由があるんじゃ？」

「いや？　私は女の子が好きなだけだよ」

そんなド直球な理由を迷いなく言えるリースを、レインは逆に尊敬してしまった。

リリはそれを聞いて、また小さくため息をつく。

こうして、ギルドへの二重登録疑惑は紅天のリーダーであるリースが責任を持ってレインを監視するという名目で不問となった。

紅天へ加入することになったレインは、一先ず帰宅することになった。

後日、所属のメンバーに紹介するのとことだ。

レインは借りていたこの家を手放して、紅天のメンバーが集まって暮らしているという家にうつることになる。

荷物をまとめなければならないので、しばらく時間をもらうことにしたが――

「はあ……どうしてこんなことに……」

深くため息をつく。色々あったが最小限に問題は抑えられたとは思っている。

実は女で正体を隠している、そう思っているのはリースとリリの二人。

その二人がレインの性別については特に話さないでいてくれるというのだから、一応男として通すことは可能だ。

それでも町中でフードを被ることは欠かせないが。

レインが実力を隠していたという疑惑についてはもう仕方ない。

現状ではレインが女の子になってしまった理由を知る者はいないし、なってしまったという事実を知る者もいない。

始めから女の子だったという勘違いをしているのが二人だけだ。

後でというのは、レインが元の身体に戻ってからのことを想定していた。

（これくらいなら後でどうとでもなるはず……）

レインはまだ男に戻るということを諦めていない。

付与されているのならば、その効果を無効化する方法もあるはずだ、と。腕に巻いた包帯を取ると、そこには相変わらず黒い紋様が刻まれている。

腕を斬り落とせば――そんな考えすらも浮かんでしまうが、当然そんなことをやる勇気はない。

そもそも、気絶する前に全身に何かが回っていく感覚があった。

この紋様は魔道具を腕に装着したから残ってしまったと考えるのが妥当だろう。

「……シャワー浴びよ」

考えても仕方ない、とレインは浴室へと向かう。

昨日の今日で、自身の姿に慣れるということはない。裸になった自分を見ると、レインは赤面してしまう。

その身体は完全に女の子のものになってしまっているのだから。

「胸はやっぱり、さらしでなんとかなりそうだけど……」

まともに鏡で見れば、やはり以前に比べると女の子っぽいというのは隠せない。

少し髪を切ればなんとかなるだろうか。毛先も柔らかくなっており、完全に別物をいじっているようだ。

肌もみずみずしくてなんというか滑々《すべすべ》としている。触っていると変な気分になるので早々に身体を洗って浴室を出た。

「……少し寒いかな」

そんな季節でもないはずなのに、なんだかそう感じることも多くなった気がする。

氷を扱う魔導師はそういう耐性は比較的高いはずだった。

荷物は明日からまとめよう――そう思いながらレインは工房の方へとうつる。工房といっても、部屋の中が通じている別室をそう呼んでいるだけだ。

「ワイバーンの素材の一部も受け取ったし、このあたりを削って……」

レインが始めたのは魔道具から付与された効果を解除する方法を模索《もさく》することだ。薬草から魔物の素材まで様々なものを調合して、効果がありそうなものを試していく。

試行錯誤《しこうさくご》を繰り返すのも魔導師としては当たり前のことだ。完成した薬品は飲料とするか、直接身体に打ち込むものとして作成する。

今までもレインは何度か期待通りの薬品の精製に成功している。

今回だって上手くいくはず――それは、レインがまだ楽観的に考えている証だった。

昨日も同様に挑戦して解呪には失敗している。

もっとも、呪いではなかったのでそもそも解呪ができないというのが正解だった、とレインは諦めていない。

作成した薬品は第七号。付与された強化魔法を解除することができることが期待される薬品だ。それを、昨日からいくつも作り続けている。

「んくっ」

レインは一気に飲み干して――

「ぶふーっ！」

勢いよく吐き出した。涙目になりながら思いっきり咳《せ》き込む。

「まずっ！　めちゃくちゃまずいっ！　誰だ、こんなの作ったのは！　僕だよ、ちくしょう！」

舌をえぐるような苦みだけでなく、微妙な臭《くさ》みもあってとても飲めたものではない。

ただ、こういう結果になるとその分効果は大きくなることがある。

意を決し、再びレインは残っていたものを飲む。吐き出しそうになるのをこらえて、今度はなんとか飲み干した。

「……うっ、おえ、きもちわる……。けど、これでなんとかなる、はず……？」

そうして、レインはそのまま工房のソファに気絶するように横になる。

翌日、何も変化のない自身の身体を見てまたショックを受けることになるが、ワイバーンの素材の効果により昨日よりもさらに美肌になった。

# ◆第二章　パーティに加入しました

荷物は完全にまとまったわけではないが、紅天のメンバーに紹介するとのことでレインはその拠点までやってきた。

町の北側、現在は四人のメンバーでパーティを組んでいるという紅天の拠点は、一言で言うならば普通の宿のようだった。木造建築の二階建て――実際、四人で住むというのなら大きくはある。

リースがわざわざ迎えに来て、レインをここまで案内してくれた。

「ところでレイン、なんでフードを被っているんだ？」

「いや、特に意味はないけど……」

「だったらいらないだろう」

「あ、ちょっと……！」

バサッとフードが取られてしまう。特徴的な銀髪が露《あら》わになり、レインは恥ずかしそうに頬を染めた。

「なんだ、緊張でもしているのか？　心配するな、大体いいやつらだから」

「べ、別に緊張はしてない」

緊張ではなく、この状態で見られることがそもそも恥ずかしかった。

レインはこの姿になってからまともに人に見られていない。

隠す理由はもちろんばれないようにするためだったが、まともに視線を向けられるとなぜか恥ずかしい気持ちでいっぱいになるのだった。

(落ち着け、僕。堂々《どうどう》としていれば問題ない)

軽く深呼吸をして一歩前に踏み出す。

そして、ローブの先を踏んで転びそうになるのを、またリースに支えられた。

「君、転ぶこと多くない?」

「……っ! そ、そんなことないよ」

「私だけでもう三回も見ているんだが……ローブのサイズが合ってないんじゃないか?」

そう言ってリースはペラペラとローブをめくろうとする。

「め、めくるなっ!」

「いちいち転ばれたらこっちの方が心配になるんだよ。やっぱり少し長いかな」

「いいからっ! 今度新しいものを買うからっ!」

出鼻からすでに冷静な状態を保てなくなりつつ、リースに連れられてようやく中に入る。

さすが女性だけ住んでいるというだけあって中は綺麗——というほどではなく、割と生活感にあふれていた。

ただ女の子っぽいものではなく、剣や盾——鎧といった明らかに冒険者用のものが多かった。

「さ、こっちだ」

そのまま一階の右側の部屋へと案内される。

リースが扉を開けると、そこには三人の女性がいた。

レイン自身、紅天のメンバーについてはそれなりには知っている。

それぞれが実力者だからだ。

「私の紹介は不要かな。まず順番にいこうか」

紅天のリーダーはリース。使用する得物は槍《やり》で近距離から中距離の戦闘を可能にする。

魔法はあまり得意ではないらしいが、ワイバーン戦でも見せた空中での戦いのように、かなりの敏捷性《びんしょうせい》を持つ。Aランクの冒険者として、この町でも上位の冒険者だ。

「ふふっ、お姉さんの名前はセンよ、よろしくね！」

ひらひらと手を振って笑顔で挨拶《あいさつ》するのは黒髪の女性。見た目からは想像つかないが、紅天に所属するSランクの冒険者であり、《剣姫》と呼ばれている。凛《りん》とした顔立ちをしていて、同じ女性からもかなり人気がある――という話も聞いたことはあるが、こうして会ってみるとかなりフレンドリーな性格をしている。

リースと同じく魔法は得意ではないらしいが、ある程度までなら使えるらしい。

『お姉さん』と自称しているが、確か年齢はかなり若かったはず。

「私はシトリア。よろしくお願いしますね」

おっとりとした口調の翡翠《ひすい》色の髪の女性は、《聖属性》という《光属性》の上位互換と呼ばれる魔法を使用できる上級の魔導師で、Aランクの冒険者だ。

これについては才能であるとしか言えないが、光のさらに上である聖属性の魔法は攻撃特化ではなく、魔法への耐性を強めたり、あるいは呪いに対しての抵抗力をあげたりする補助魔法が多いらしい。

レインは表立って相談することはできないが、彼女ならばひょっとしたら自身にかかっている魔道具の効果を消せるのではないか、と少し期待していた。

何より優しげな表情が心を落ち着かせてくれる。

「さて、それともう一人——」

「リース！　あたしは許可しないと言ったはずなのだけど！」

開口一番——紹介ではなく噛《か》みつくように声を荒らげたのは、リースと同じく赤い髪を後ろで結んだ少女、Bランクの魔導師のエリィだった。どちらかといえばAランク寄りの冒険者とも呼ばれており、本来の実力でいえばレインより上になる。

炎を扱う魔導師であり、噂によると確か——

「エリィ、実のお姉さんを呼び捨てにするのは感心しないわ」

「そうだぞ、お姉ちゃんと呼べ」

「この場でそういう話はいいでしょ！」

リースとセンの言葉にも怒りの声をあげる。

エリィはリースの妹だった。紅天は元々、この姉妹が始めたパーティらしい。

そのうちの一人、エリィには明らかに歓迎されていない雰囲気だった。

「大体、紅天は男は入れないっていうルールだったじゃない」

リースは全員から許可を取ったわけじゃなかったのだろうか。

レインはちらりとリースの方を見ると、ため息をついて肩をすくめていた。

「いいじゃないか、どう見ても女の子だろ？」

「ガバガバすぎでしょ!?」

うんうんと頷くレイン。今、レインには一つの考えが浮かぶ。

このままエリィが拒否してくれればパーティに入らなくても済むのではないか、と。

後々シトリアには個人的に話しに行けばいいだけだ。

「他の二人は嫌じゃないの？」

「強い子はお姉さん好きよ」

「私も特には……受け入れてみないと分かりませんよ？」

「ぐぬぬっ」

「ほら、エリィだけだぞ」

悔《くや》しそうな顔をするエリィに対し、諭《さと》すように言うリース。

どちらかというと友好的な三人に対し、エリィだけはレインがパーティに入ることを認めたくないらしい。

「とにかく！　あたしは認めないから」

そう言ってそのままエリィは部屋から出ていってしまう。なんとも言えない空気がその場に流れた。

レインはこほん、と咳払《せきばら》いをして、ある提案を口にする。

「エリィも嫌がっているようだし、無理なら別にパーティに入らなくても――」

「君は、私のパーティに入る約束をしたじゃないか」

「いやぁ、妹さんも嫌がってるなら……？　やめた方が――」

「そういう、や、く、そ、く、だぞ？」

「ひゃい……」

ぐっと肩を掴まれて、思わず返事をしてしまう。約束というか契約というか、基本的にはレインに拒否権はなかった。

どうやらパーティの他の者にもレインが男であることや、そもそも入ることになった経緯については伝えていないらしい。

その方が助かるのは事実だが、やはりパーティに入ることは避けられないようだ。

「ま、あの子はこのパーティで攻撃に特化した魔導師だったから、君の実力に嫉妬《しっと》しているんだよ」

「町中でのあの攻撃魔法には感動していましたしね」

攻撃魔法――それはおそらく、レインが使った防御魔法のことだ。

あまりの威力に攻撃だったと勘違いされているらしい。レインも苦笑いするしかない。

「そうね、エリィもまだまだ子供だわ」

困ったような顔をするリースに対し、なぜか少し嬉《うれ》しそうなセン。

そんな二人に対して、場の空気を取りなすように、シトリアが手を叩いた。

「はい、そういうわけでレインさんを迎えたのですし、とりあえずエリィさんのことは忘れて歓迎会といきませんか？」

「ああ、そうするか」

「えっ、エリィは置いていって大丈夫なの？」

歓迎される身の自分で言うのもなんだと思ったが、少し心配になってしまった。それに対して、センが答える。

「大丈夫よ、むしろAランク以上の実力者しかいない方がもっといいところ行けそうだから」

（歓迎会でランクが関係あるの……？　嫌な予感しかしないんだけど……）

センの言葉に、《歓迎会》という名の別の何かであることをすぐに直感させられてしまうレインであった。

向かう場所は北方の森――ウィレスの森。この先は未開拓《みかいたく》の地であり、どのような大地が広がっているかは誰も知らない。

向こう側には大きな山が見え、時折やってくる魔物は最低でもワイバーンのようにB級以上の魔物ばかりだ。

越えてこられる魔物がそのレベルしかいないのか、それとも向こう側にはそのレベルの魔物しか存在しないということなのか――それは誰にも分からない。

ランクAを超える冒険者が森の先を目指して帰ってくることがなかった、そういう話は珍しいことではない。

皆が皆、新しい地に期待しているわけではなく、レインも未開の地への興味よりも将来の安定の方が重要だと考えていた。

そんなレインが今、森の近辺までやってくることになるとは、夢にも思わなかったことだろう。

（ここにはあまり来たことないんだよね……）

冒険者の稼ぎには迷宮での遺物の探索と魔物の討伐の二種類がある。

異例としては冒険者稼業をしつつ、冒険者になる者の師となって稼ぐ者もいる。

レインは魔道具を見つけてそれを売りに出すというのが基本的な稼ぎであったが、紅天に入ってしまったからにはそれは難しい。

何せ、仮にも監視という名目でここにいるのだから。森に来るまでにすれ違う人々が皆、レインのことを見ていた。

町ではすでに《紅天》のパーティメンバーに男のレインが参加したという噂が少しずつ広まりつつあった。

レインはまだそれに気付くこともなく——二人の高ランクの冒険者の無双ぶりを見ていることになっていた。

「これで、二〇体目だ!」

森を駆け巡り、リースは槍を振るった。

『ゴブリンの軍勢』と呼ばれるものがこの森の入り口近辺には存在している。

ゴブリンは基本的な大きさは子供の人間くらいだが、腕力は大人の人間よりも強く、緑色の肌をしている。にやりと笑ったような顔はよく、悪魔にたとえられた。

女性がゴブリンに捕まってどうにかされる、というのはよく聞く話だが、冒険者にとってゴブリンはランクEからD程度までしかない相手であり苦戦することはない。

ただ、ここにいるゴブリンの軍勢は別だ。異常な大群が森の中に潜み、一度入ればその猛攻に晒《さら》されることになる。

ここを通るには少なくとも、常に狙われている状態でも戦い続けることのできる実力が必要だった。

およそここを通るために最低でも必要なランクはBとされ、ゴブリンの軍勢を殲滅《せんめつ》するとなればAランクの冒険者が数十人は必要とされる。

そんな森の中で、リースはすでに二〇体のゴブリンを討伐していた。

飛んでくる矢を避け、近づいてくるゴブリンがいればすれ違い様に斬り、そして突く。

ワイバーンのように空を飛んでいる相手でもなければ、リースはやはりその実力を存分に発揮できるというわけだ。

「どうだ、セン。私は二〇を超えたぞ」

「あら、わたしは三〇よ？」

「なっ、嘘をつくな。多くても五体くらいだろう」

「うふふっ、多いことには変わらないでしょう？」

センはリースの上をいく。

すれ違い様に左右の二体を同時に斬る、矢を避けるだけでなく掴む。その矢を投げ返してゴブリンを討つなど、とにかく常識外れの戦い方だった。

Sランクの冒険者とはこうもレベルが違うのか、とレインも息をのむ。

ただ、レイン本人もすでにSランク相当の力を持っていると思われており、実際に魔法だけでいえば、それを凌駕《りょうが》するレベルに達している。

「元気ですよね、あの二人」

「そうだね……シトリアはいつもこんな感じで見てるの？」

「はい、特別強い相手でもない限りは、あの二人がなんとかしちゃいますから」

レインの隣で、シトリアがはしゃいでいる子供でも見るように言う。

白衣のような服装をしているのは聖職者としての活動もしていた名残《なごり》らしく、そういう格好の方が落ち着くらしい。

後衛であるレインとシトリアは戦う二人を見学していた。

シトリアは直接戦闘に参加することはあまりないらしい。

こうした小型の相手ならば基本的にはあの前衛二人で事足りるからということだ。

そんな二人の戦闘を見ていると、ふと木の陰からゴブリンが飛び出してくる。

「ギギギッ！」

「っ！　氷よ――」

詠唱の前に、シトリアがヒュンッと十字架を象った槍状の武器を振るった。

ゴブリンの頭部に突き刺さり、そのまま横へと流れていく。

「レインさんは近接武器をお持ちではないのですか？」

「え、短刀ならあるけど……戦いでは使わないかな」

「森のような視界の確保できない場所での戦闘では重宝しますよ？　レインさんくらいだと魔法でなんでも片付けられるのかもしれませんけど」

シトリアの言葉に、レインも苦笑いで返すしかない。彼女の得物の使い方もかなり慣れた感じだった。

補助魔法がメインな分、近接戦闘もそれなりにできるということだろう。ここまでで、レインが思ったことは一つ――

（やばい、めっちゃ帰りたい……）

前衛の二人は言わずもがな、後衛であるシトリアの発言からも察してしまう。

このパーティは基本的に戦うことを楽しんでいる。

森の向こう側に何があるか、まだ見ぬ果てを目指しているパーティだ。

パーティというのはその方針に左右されることになる。

将来は早い段階で引退して、安定した生活を送りたいレインの性格には合わないパーティであることは明確だった。

「あ、ちなみに本物の歓迎会は今日の夜からギルドの酒場でやりますよ？　お酒は飲めますよね？」

「……まあ、好きだけど」

レインは正直に答えた。

補足情報のように、本当の歓迎会とやらがある事実を言われる。

それならここでの戦いを早く終わらせて、そっちで飲んでいた方がまだいい。

「今日の飲み代を稼ぐための戦いでもあるからな」

リースがそう言いながらやってくる。

ゴブリンの軍勢は劣勢を判断して距離を取ったのだろうか。

周辺には、すでにゴブリンの姿はない。

それくらいで退くような魔物達ではないはずだ、とレインは考えていた。

「の、飲み代って？」

「せっかくならいいお酒でいきたいじゃない？　だからそれ相応の魔物を討伐しに行こうと思って」

「それってどんな――」

レインが言いかけたところで、少し奥の森の方から鳥が飛んでいくのが見えた。……それも複数だ。

何か大きなものでもやってこない限り、通常ではあり得ない数の鳥が羽ばたいていく。

ゴブリンが距離を取ったのは、劣勢を判断したからではなかった。

「なかなか面白そうなものがやってきたわね」

楽しそうに言うセンに対し、レインは青ざめる。

本来この場所には現れるはずのない黒色の魔物――《アラクネ》が目の前に現れたのだから。

「さて、ようやく歓迎会の意味が出そうな相手が出てきたな」

意気揚々と槍を構えるリース。

シトリアがレインを見て微笑む。

「がんばってくださいね。あ、私もがんばりますよ？」

「あ、はは……」

（……めっちゃ帰りたいっ！）

そんなレインの気持ちをよそに楽しそうな三人は巨大なクモの魔物、アラクネを見据える。

しばらくすると、その全容が明らかになった。

《地底の主》あるいは《奈落の女帝》――誰がそう呼び始めたのか、あれを表現するにはいくつかの言葉がある。

A級の魔物、アラクネ。漆黒《しっこく》の巨体と八本からなる足を持つ。全身は薄く黒い体毛で覆われ、足と同じく八つの目を持つ。洞窟や地底に限りS級の魔物と同格と呼ばれるほどの危険な魔物だ。

木々を揺らしながら、まっすぐこちらへとやってくるのが分かる。あれほどの大型となると、地上でもS級の魔物に匹敵するかもしれない。

レインは即座に感じ取った。

(あ、これ戦ったらいけないやつだ……っ!)

そんな心配をするレインをよそに、

「おかしいな、本来ならこんな昼間に森に出てくることはないはずだが……」

「何かあった、と考えるのが自然ね」

魔物と相対しながら、まったく焦る様子のないリースとセン。それどころか、冷静に戦い方を話し始めた。

レインは静かに、その様子を眺めていた。

どうしてこんなに冷静でいられるのだろう、これが強者の余裕というものなのだろうか。

レインは今すぐにでも逃げ出したい気持ちでいっぱいだった。

「どうやって攻める?」

「左右から行くのが定石《じょうせき》じゃない? 足は四本ずつで、本体はレインに任せればいいわ」

「それなら正面からレインに道を作ってもらって突破する方が早くないか?」

「あれほどの大型だとわたし達では倒すのに少し時間がかかるんじゃない? まあ、それを判断するのはレインになるのだけど」

「確かに……そういうわけだが、レインはどう思う?」

自分が戦いの前提に組み込まれている——そんなことをレインが看過《かんか》するはずもなく。

リースに話を振られて、レインは待っていました、と言わんばかりにすっと手を挙げて意見をする。

「まずは撤退して態勢を立て直そう!」

レインを三人が同時に見る。そして、三人はそのまま視線をアラクネに戻した。

レインの意見は何事もなかったかのようにスルーされる。

(なんで僕がおかしいことを言ってるみたいな目で見られるんだ……!)

リースもセンも退《しりぞ》くつもりはないという目をしていた。

当然、この場で戦う以外の選択肢はないという考えだ。

これだからパーティというのは、とレインは思わずにはいられない。

「態勢ならとっくに整っているじゃないか」

「そうよ、温まってきたところなんだから」

そんな風に言いながら肩を回したり、屈伸《くっしん》をし始めたりする二人。

(僕は冷え冷えだよっ。氷使いなめんなっ)

そして、準備万端といった様子でリースとセンは構える。

なんとかしなければ——レインはとにかく考えた。今のパーティでは、アラクネとまともに戦う人数には足りていない。

レイン自身、まだ実力を完全に把握しきれていないことと、そもそも危険を冒すにしてもそれに見合ったものがほしいと考える。

アラクネを討伐すればそれなりの報酬はあるだろうが、酒代に使うのならそれに見合うとは思わない。

今にも駆け出しそうな二人の前にすかさずレインは立った。

「ストップ！」

「ん、何か思いついたのか？」

——何も思いついていない。

ただ、レインはそれでも二人を止めるべく、考えを巡らせる。

まだ作戦か何かを考えていると思っていたらしいリースに、レインは思いついたことを口にした。

「僕は……ギルドに報告すべきだと思うっ」

「ギルドに……？」

リースとセンがそれを聞いて構えをといた。これは非常にまともな意見だ。

アラクネがこのまままっすぐ進むと考えると、間違いなく町の方へと向かうことになる。

先のワイバーンに続きこれほどの魔物がやってくるというのは異常なことだが、町にいる冒険者にも協力してもらうのが妥当なところだとレインは考えた。

むしろそれが一番安全だ、と。

「なるほど、一理あるわね……」

「そうだよね！」

「アラクネが町に迫る可能性か……この進行方向だとあり得るな」

センもリースも頷いた。

今の状況なら、戦うよりも一度撤退して報告する方が正しい選択のはずだ。これはいける——二人とも納得してくれそうだったが、

「大丈夫だと思いますよ」

先ほどまでは意見をしなかったというのに、ここでまさかのシトリアが口を開いた。

(このタイミングで……!?)

「ど、どうして？」

「これだけの大型なら森を抜けた時点で分かるでしょう。それに、アラクネがどうしてここにいるか分かりませんが、自ら広い場所には出るとは思えません」

シトリアの言うことも正しい。

アラクネは確かに洞窟などの暗い場所を好むという。

そもそも洞窟から森に出てくること自体が稀で、さらに森から開けた土地に出るとは考えにくいのは確かだ。

それでも、レインは食い下がる。

「そ、そうかもしれないけど！　念には念を入れた方がいいって！」

「言いたいことは分かりますが、今町に戻っても間に合うかどうか……。むしろ、ここで最低限足止めはしていくべきでしょう」

「シトリアの言う通りだな。すぐ連絡をしに行ったところで、むしろ用意が間に合わない可能性の

方が高い」

「そうね、わたし達でやるべきだわ。どのみち、あれと戦うなら前線でやり合うのはわたし達なんだし」

その『わたし達』にはレインも含まれてしまっているのだろう。

シトリアの言葉に完全に賛同してしまった二人は、再び臨戦《りんせん》態勢に入る。

もう、レインには止められる状態ではなかった。

それでも、なんとかレインはここでの戦闘は止めようと説得しようとする。

「え、えっと、二人とも落ち着こう？　そんなに死に急ぐには若いって……」

「落ち着いているし死に急いでもいない――が、その前にレイン。もう少しこっちに来るんだ、狙われているよ」

「え？」

それは不意の言葉だった。レインが振り返ると、八つの目を赤く光らせたアラクネはこちらを凝視し、口元をもごもごと動かしながら液体のような何かを飛ばしてきた。

三人は当たらない距離まで後退したが、わずかに反応が遅れたレインだけそれをまともに受けることになる。

「あぶっ」

想像以上の分量のねっとりしたものがレインの身体を包んだ。匂いは強い酸性で、臭いわけではないが、強い刺激臭がした。

それに、物凄い嫌悪感に襲われる。

レインの本気をSランク相当の冒険者だと思っていた三人は、そもそも防御か回避は間に合うものだと考えていた。それがまともに食らってしまったので、センは驚いた表情を浮かべる。

「ちょ、まともに当たっちゃったじゃない！」

「溶解液《ようかいえき》の類《たぐい》か。まあ、シトリアの結界があるから心配はないだろう」

シトリアの扱う聖属性は毒に対して非常に高い耐性を付与することができる。

魔物の放つ溶解液も《毒》の類だ。それらに対しても、シトリアの魔法は有効になる。シトリアは頷き、

「はい、大丈夫ですよ。もっとも——レインさんはああいった類のものは、そもそも効かないようですが」

「え、それじゃあわざと避けなかったってこと？　随分《ずいぶん》余裕があるのね」

レインはセンの言葉に反論したかった。避けなかったのではなく、当然避けられなかったのだ。

レイン自身も気付いていないが、上昇した魔力は外部からの攻撃に対しては無意識のうちに高レベルの結界を張っている。

シトリアの結界がなくとも、アラクネの溶解液によるダメージはない。

それについては、シトリアも気付いているようだった。

だが、魔法に関しての能力は段違いになっていても、レイン自身の敏捷性については変わっていない。

レインの身体はアラクネの溶解液でもやけどすら負うことはないが、ドロドロの液体が直撃してしまい——見た目的にはなんとも言えない状態になってしまっただけだ。

そんなレインの状態を見ても冷静な三人に対し、レインはすでに限界だった。

「もう無理！　帰る！」

どろりとした液体を振り払いながら、レインはそう言い放った。

どう思われようがもう関係ない。とにかく、この状況から逃げたくなった。

「レイン、落ち着くんだ」

「これが落ち着いていられるか！　何が歓迎会だ！　あんなのに歓迎されて誰が喜ぶんだよっ！

虫取りに来た子供でも喜ばないよっ！」

レインは思っていたことをぶちまける。

そもそも、アラクネなんかと戦って嬉しいやつなんていない――いや、ここではレイン以外は喜んではいるが。

そんなレインをなだめるように、リースが声をかける。

「いや、そのだな。君のためを思って言っているんだよ？」

「何が僕のためなんだ!?」

興奮したレインに、シトリアが説明するように続けた。

「レインさん自身は大丈夫ですが、着ている服の方は……」

「――え？」

シトリアにそう言われて、レインは自身の姿を見る。

どろりとした液体と一緒に、着ていたローブから中の服までまるで水に溶かした絵の具のようになってしまっていた。

「っ!? な、何これ!? ちょ、ちょっと、見ないでっ！」

レインは顔を真っ赤にしてその場に伏《ふ》せる。

その反応だけ見ると完全に女の子のようになってしまっていたが、レインはそれどころではない。

――見られては困るものがある。実際にはなくなっているのだけれど、ある。

「わたし的には本物の女の子で見たかったのだけれど、こうして見ると女の子みたいね」

「君はなんというか……そういうのが好きなのか？」

「そ、そういうことを言ってる場合じゃなくてっ！　いや、ほんとにあっち向いて！」

「アラクネを視界からは外せないわ。諦めて？」

「……っ！」

女の子みたい、ではなく今は女の子になっている。

レインはできるだけ見られないようにと背中の方を向けた。

「まったく……仕方ないな。シトリア、悪いが君の上着を貸してあげてくれ。私はそういうのを持っていないから」

「そうですね、さすがにそのままだと風邪《かぜ》を引いてしまうかもしれないですし」

そんなことは心配していない。

レインはシトリアから上着を借りようと大事な部分だけ隠して立ちあがる。

そのとき、足元に何か巻き付いた感覚があった。

「え、何か巻き付い――てぇ!?」

アラクネの方から白く伸びた糸がレインをとらえ、そのまま力強く引っ張ったのだった。

＊＊＊

勢いよく空中へと飛ばされていくレインを見送る。

センとリースは即座に動こうとしたが、助け出すのが遅れてしまった。

「ちっ、意外に速い」

「……どうしてレインばかり狙うのかしら？」

「おそらくですが、溶解液は獲物を栄養にしやすいように溶かすつもりで使っているのでしょう。ですが、レインさんが溶けないのを見て、アラクネは別の価値を見出したのでしょうね」

「別の価値？」

アラクネが栄養とする以外にレインを狙う理由。リースの問いにシトリアは少しだけ悩んで、やがて静かに答えた。

「……子供の母体、みたいなものでしょうか」

「え、だってレインは男でしょ？」

「……」

「いえ、それでもあり得ない話ではありません。あくまで魔力の豊富な身体が目当てのわけですから」

リースはレインのことを知っていたので黙っていたが、シトリアが続けた。魔力が十分に高いと判断されたのならば、あり得ることだった。

アラクネは他の魔物を栄養として自身の子を作る。

レインほどの魔力の持ち主ならば、ちょうどいい栄養として持ちかえるとしても不思議ではない。

三人が顔を合わせる。しばらくの沈黙の後、一緒に頷いた。

「さすがにまずいわよね」

「ワイバーンの戦いでも見せたが、あれだけの魔法が使える以上問題ないとは思いたい——が、レインはかなりドジだからな。見ていて分かっただろうが」

「それにかなり運もないですしね。とにかく、助けるなら急いだ方が良さそうです」

そうして、リースとレインは今度こそ戦うために駆けだそうとする。

だが、その行く手に小型のアラクネが複数現れる。巨大なアラクネを守ろうというように、森の中からぞろぞろと向かってきた。

「なるほど、女王を守る騎士というわけか」

「こっちは囚《とら》われのお姫様を……この場合王子様になるのかしらね。急いで助け出さないといけないの。だから——」

二人は駆けだす。小型のアラクネが同時に吐き出す溶解液をかわしながら、小型のアラクネを切り刻み、刺し殺す。

次々とやってくる小型のアラクネの大群に対し、

「「通してもらう！」」

リースとセンの声が揃い、一斉にアラクネとの戦いが開始された。

＊＊＊

――常に落ち着いていること。魔導師に最も求められることだから、覚えておくのよ？


レインはかつて師と呼んだ人に言われたことを思い出していた。

そう、魔導師はいつだって落ち着いていることが重要だ。

だから、レインはいつでも努めて自分にそう言い聞かせる。

（そう、常に落ち着いて……）

目を閉じて、自分に言い聞かせる。

軽く深呼吸をして、レインは目を開いた。青い空と緑の大地が逆転して見える。

ぶら下げられた状態で前を見ると、真っ赤な八つの目がこちらを見ているような感じだった。

「これが落ち着いていられるかぁ！」

叫んだところでどうしようもない。

背中に生えた長い触角のようなものに釣り餌のように吊《つ》るされている。

そこから見る景色はとても綺麗だった――などと言う余裕もなく、レインは激しく動揺していた。

そもそも、巨大なクモに捕まっている状態というのが耐えられなかった。

「ぼ、僕は食べても美味《うま》くないぞ！」

そんなことは言っても当然無意味なのだが、レインは冷静でいられなかった。

だから早く撤退しようと言ったのに、気付けばこんな状態だ。

リースとセンが地上で戦っているのが遠目で分かる。

こんな状態でも、レインは見られないように身体を隠そうとした。

もうすでに、溶けた衣服は残ってすらいなかったが。

無理に抵抗をすれば、アラクネが暴れ出すかもしれない。

だが、このままだと餌《えさ》になるだけだ――そう思っていたレインの目の間に現れたのは、もこもことした棒状の何かであった。

「……な、何これ？」

レインの疑問をよそに、それはそのままレインの上――身体でいえば、下半身の方へ向けられる。

怪しげに蠢《うごめ》くそれが何をしようとしているか、レインはすぐに察した。

「いやいやいや！　それはダメでしょ！　僕は男――いや、男でなかったとしてもダメだから！」

そんな懇願をアラクネが聞くはずもなく、無情にもそれは近づいてくる。涙目になって訴えるが、それでもアラクネはやめる気配はない。

「ほんとにっ！　それはっ！　ダメだってっ！　言ってるだろっ！」

常に落ち着いていること――そう言われても実践できる人間は少ない。暴れられることを恐れて抵抗しないつもりだったが、もうそんなことを考えている場合ではなかった。

レインは即座に魔法を発動する。

「氷の刃よ！　切り刻め！」

《アイス・ブレイド》。いくつもの氷の刃が周囲に発生し、無造作に周辺を切り刻み始める。

それはアラクネの胴体にも届き、あちこちを刻む。

アラクネがわずかに嫌がったのは分かった。

予想外だったのは、本来ならば一つしか発生しないはずだが、今のレインがその魔法を発動させると思っていた以上の数が出現した。大きさではなく数が増えるというのはレインの想定とは違っていた。

（ちょ、大きくなるんじゃないのか!?）

レインにはまだそれをコントロールする能力はなく――

「あっ！」

迫ってきていた棒状の何かだけでなく、自分の足に絡《から》んでいた糸もそのまま切ってしまう。

それはそれで間違っていないのだが、タイミング的にはもう少し後にしたかった。

そのまま落下しかけるが、レインはここで少し冷静になる。

（足場を作らないと……！）

ただ単純に、足場を作るだけならば詠唱の必要はない。

だが、攻撃を受けたアラクネはすでに臨戦態勢に入っている。

レインを狙おうと、その瞳を赤く光らせていた。

想像以上に強くなってしまっている魔法の規模を考えると、攻撃ができて足場を作る魔法などは限られてくる。

「氷よ、砕け！」

《フロスト・ブレイク》。下級魔法で、氷柱を発生させて相手を押しつぶすという魔法だ。

だが、通常よりもやはり威力は上をいく。

巨大な氷柱が出現し、潰《つぶ》すのではなく、そのままアラクネの胴体をまっすぐ貫いた。

「キシュァアアアアアアァッ！」

耳をつんざくような悲鳴が周辺に響き渡る。

思わずレインは耳を塞《ふさ》ぐ。なんとか、牽制《けんせい》しつつ着地ができる足場もできたが、

（くそっ、耳を塞いでいたら隠せないだろ！）

レインはそちらの方も心配していた。

すでに、センとリースの姿は見えなくなっている。

どちらかがレインの方へと迫っていてもおかしくはない。

それはありがたいことであると同時に、危機でもあった。

（せめてリースであってほしい……っ！）

女だと断定しているリースに見られるのならばまだいい――実際には良くないことだが、背に腹はかえられない。

ばれる相手は少ない方がいいとレインは考えていた。

実際――リースに完全に見られたわけではないからまだ問題はないと考えていたのに、見られたらもう取り返しがつかないという事実はあるのだが。

突き刺された身体のまま、アラクネはその場から動き始めた。地面を削りながら、氷の柱を揺らして移動する。

「ちょっ！　バランス取れないって……！」

氷の上に素足のままだとさすがに冷たく、さらにアラクネが動くことにより完全にバランスを失

う。

ツルッと足を滑らせてしまうのは必然だった。

「あっ――」

また落下する――そう思ったとき、レインの身体を支える人影があった。

「君を支えるのはこれで三度目だ。どこでも転ぶんだな」

「リ、リース……？」

レインの元へ先にやってきたのはリースの方だった。

一度、氷柱に槍を刺した状態でレインを回収し、勢いをつけてその場を離脱する。

リースはシトリアの着ていた白衣をかけてくれた。

「回収できて良かったよ。それにしても、間近で見るとやはり凄い威力だな」

「あ、ありがとう」

(見られた……？　見られてないよね……？)

今の状況でそれを確認するわけにもいかず、むしろ確認する方が不自然になりそうだったので、レインはちらりとリースの方を見る。

リースは常にアラクネの方に視線を向けている。セーフだったと信じよう――レインはそう思うことにした。

「暴れてはいるが、あの柱で動きは鈍くなっているな」

レインも確認する。

胴体を貫いた氷柱は地面に達している。動くたびに、地面を削りながら少しずつずれてはいるが、完全に動けるようにはなっていない。

そのとき、レインとリースのいる反対側で、アラクネの足が一本斬り落とされた。

レインは驚いて目を見開く。

「あ、あれを斬り落とすって……!?」

「センならやるだろうな。まあ、君の魔法が足止めしているからできているんだろうけど」

そう話しているうちに、センがアラクネの背中の上を走ってこちら側へとやってきた。

その間にも、アラクネの身体への攻撃は行っている。

センは背中から飛びおり、二人の前に着地した。

「やっぱり大きすぎて仕留めるのは難しいわね。あのレベルの魔法でも仕留められないなら、もうちょい強力なやつで倒しちゃいましょ？」

「強力なやつって――え、僕？」

「それはそうだろう。こういうときのための魔導師だ」

センとリースが頷く。あのレベル――といっても、突き刺さっているのは下級魔法だ。

レインはまだ今の状態になってから上級魔法まで使ったことはない。

暴れているアラクネは今にも氷柱をへし折って動き出しそうだった。

「がんばって！　応援してるわよ」

「今度はきちんと守るさ」

センとリースはその間にも、周囲から迫ってくる小型のアラクネを相手にしている。大型を仕留めるのはレインの役目だ。

（や、やるしかないよね……）

レインは詠唱を始める。

その時点で、すでに周辺が凍結を始めた。異常に強すぎる魔力が、周辺へと影響を及ぼしたのだ。

レインはそれに気付いていない。

「水は雪にはならず、氷は雨のようになる。全てを砕いて降り注げ――」

《フロスト・レイン》。氷の槍をいくつか降らせる広範囲の上級魔法。

迷宮探索を主とするレインが使うことはあまりない魔法だった。

習得してからもそれほど機会はなかったが、威力自体はレインもそれなりに自信のある魔法だった。

氷の槍がいくつも空中に展開される。一つひとつが数メートルに及ぶ巨大な槍。

それが絶え間なくアラクネの方へと降り注ぐ。

「――――ッ！」

今度は悲鳴をあげるまもなく、氷の雨に晒されたアラクネは、その巨体が削られるように吹き飛ばされていく。

ものの数秒で、巨大なアラクネは肉片と成り果てた。

「わお、目の前で見ると凄いわね。てか、わたしの剣までちょっと凍ってるんだけど」

「こういうときの魔導師とは私も言ったが……もう少し手加減とかできないのか？」

リースとセンが寒そうにしながら、こちらにやってくる。

まだ制御しきれていないレインには、魔法を使えば手加減ができない状態だった。

レインも気まずそうに振り返る。

「なんか、ごめん」

（……とりあえず手加減する練習しよ）

そんな風に、心の中で誓ったレイン。アラクネの討伐はここに完了した――が、ピキッとまた嫌な予感のする音が鳴る。

シトリアの凍りついた白衣がパキンと割れ物のように割れた。

「あら、また？」

「……やっぱり君はそういう趣味があるのかな？」

「こ、今度こそ見ないで！」

センとリースの優しさか、今度は目を逸《そ》らしてくれた。

割れた破片を使って、なんとか大事なところを隠すレインであった。

＊＊＊

魔物を討伐した、という証はギルドから支給される特殊な魔道具で登録できる。

町の付近でなかったり、大きすぎる相手ではたまに使ったりする。

これだけの大物であれば依頼外であるとはいえ、ギルドからはかなりの報酬を受け取ることができるだろうとのことだった。

アラクネの情報を登録して、リース達はいざ帰ろうとしているところだった。

「それにしても、あんな大きなのが出てくるとは思わなかったわね」

「待って」

「洞窟から出てくるにしても大きいから、地底からか？　どこかに大きな穴でもできているかもしれないな」

「待ってよ」

「まあ、そういう話は後にして帰りましょう。レインさんの歓迎会もあることですし」

「そうね、今日はいっぱい飲むわよ！」

「ちょっと待ってってって！」

ここでようやく、三人はレインの方をちらりと見る。

アラクネはレインの手によって討伐された。

それでめでたし、いざ帰ろうというわけにもいかない理由がレインにはある。

かろうじて布切れだけで身体を隠すレインの姿が横目に入り、

「こっちは見ないで！」

「注文多いわね」

「レイン、いつまでそうしているつもりだ？」

「いつまでって言われても……」

三人は一向に動こうとしないレインを待っている状態だった。

しかし、レインはレインで動けない理由がある。

このまま町に向かうなどあり得ないことだった。

「そうですね。私の上着もなくなってしまいましたし……氷の鎧《よろい》とかできないのでしょうか」

「できても間違いなく風邪引くでしょ。どっちみち引きそうだけど」

「どうしようもないな」

氷の鎧の魔法もないわけではない。

だが、レインは今すぐに使おうとは思えなかった。

レインは青ざめたまま、震える声で尋ねる。

「そ、それじゃあ、このまま帰るっていうのか？」

「それしかないんじゃない？」

「絶対にっ！　いやだっ！」

レインは今までにないくらい力強く答えた。色々と限界を超えてきたが、こればかりはダメだ。

少人数に見られるのもすでに恥ずかしいし、今すぐにでも隠れたいところだが、町中の人間に見られたらとても隠しきれない。

だが、こうしていたところで解決案があるわけでもない。

ふと、シトリアが思いついたように手を合わせる。

「ではこれならどうでしょう。聖なる光よ――照らし出せ」

シトリアが詠唱すると、レインの胸の部分と下半身の大事なところが白く輝きだした。

ちょうど隠すように見えなくなるような形になる。

「え、ええ!?　何これ……」

「《不可視を照らす光《インビジブル・ライト》》といいます。本来は暗い場所を照らす魔法ですが、集約させればこのようにも応用できるわけです」

「意外と綺麗に隠れるものね」

「ああ、これなら見えないな」

うんうんとリースとセンは頷く。

だが、レインは首を横に振った。

「いや……隠れてはいるかもしれないけど……」

「男なら裸の一つや二つ見られたくらい気にしない方がいいと思うわ」

センの言うことは分かる。別に何も隠すことがなければ、レインだって多少は気にはするが諦めはつく。

だが、今は違う。

ただでさえ、見た目的には女の子になってしまっているのに、それを大勢に見られたら取り返しがつかないかもしれない。

結局のところ、解決策は存在しなかった。レインが決心するしかない。

見かねたリースがレインの方へと近づいていくと、

「とりあえず、町の方には向かうことにしよう――っと。君、軽いな。ちゃんと食事は取っているのか?」

そんなことを言いながら、リースはすっとレインを抱きかかえた。

いわゆる、『お姫様抱っこ』というものだった。

レインは慌ててリースに訴える。

「ま、待って！　まだ心の準備が……」

「いつまでも決心つかないだろう。町の近くまで行ったら洋服を買ってくればいいさ」

「わ、分かった！　それでいいからおろして！」

だが、そのままリースは歩き始める。シトリアとセンもそれを見て町の方へと向かい始めた。

「裸足で歩いたら怪我するぞ。心配するな、他の二人にはばれないように配慮するから」

リースが小声でレインに話しかける。

ばれないようにというのはリースから見て、『実は女だけど男として振る舞っている』ということを隠すということだ。

ただ、今の状態を他の冒険者に見られたらと思うと――レインは冷静でいられなかった。

「そ、そういう問題じゃなくて……っ！」

「愚痴《ぐち》なら酒場で聞くよ」

もう何を言っても無駄だった。

リースに抱っこされて運ばれるという状態で森から抜け出し、町の方へと向かっていく。

途中、平原ですれ違う冒険者はこぞってこちらを見ていた。

レインは全力で顔を隠したが――

「あの銀髪……レインか？」

「なんで裸なんだ……しかもあれって紅天だろ？」

もはや隠せるわけもなく、町に向かうまでの間に何人かには見られる羽目になる。

こればかりはもう避けようがない。

リースが気を利かせて極力見えないようにはしてくれてはいるが、銀髪でレインというように判断されてしまう。

最近は特に、レインはワイバーンの件から有名になっていた。

まだ紅天に入ったという事実を知らない人間は多いが、それでも一緒に行動していればその事実も広まっていくだろう。

(死にたい……)

物凄く低いテンションのまま、レイン達は町の近くまでやってきた。

さすがにここまで来ると、町の外でもそれなりに人通りがある。人があまり来ることのない茂みの方で、リースとレインは隠れていた。

センとシトリアが服を買いに行ってくれているところだ。

「まだかな……」

「そろそろ帰ってくる頃だと思うが」

そんな風に話していると、センとシトリアが袋を持って帰ってくる。

ようやく服が着られるとレインも安心した表情になった。

「お待たせ！　いいもの買ってきたわ」

「はい、きっとお似合いだと思います」

笑顔の二人から袋を受け取ると、

「あ、ありがとう！　それじゃあ、僕ちょっと着替えてくるからっ」

レインは茂みに入ってセンとシトリアが買ってきてくれた服を広げた。

レインを除く三人は、近場で誰も来ないように監視しておく。

「何時くらいから飲もうか」

「シャワー浴びたらすぐに酒場でいいんじゃない？」

「そうですね。エリィさんも家にはいるでしょうし――」

会話をする三人の目の前に、茂みからレインが出てくる。その表情は暗いというよりも、静かな怒りに満ちている。

ただ、三人はその姿を見て目を見開いた。白くて、フリルのついたドレスを着たレインの姿は――

――もはや完全に女の子の見た目であった。

「「「おおー」」」

レインを除く三人が同時に驚いた声をあげ、

「いや、色々違うでしょ！」

レインが怒りの声で答えた。

「でも思った通り似合うわね」

「そうですね。黒でも良かったかもしれないですが」

「白でも黒でもどっちでもいいけど！　なんで女物なの!?」

レインの問いにセンは平然と答える。

「えー、だってこういうときでもないと着なさそうな性格してそうだし。せっかく似合いそうなのに」

「こういうときでも着ないよ!?」

「着ているじゃないですか」

「シ、シトリアまで……!?」

「私の白衣、結構高いんですよ？　これくらいの悪戯《いたずら》は許容してほしいですね」

「うっ……」

シトリアにそう言われて、レインは言葉を詰まらせる。

センと——まさかのシトリアの悪ふざけによりレインは完全に男としての尊厳を失いつつあった。

リースだけは申し訳なさそうにレインの方を見てから、顔を逸らした。

＊＊＊

町の中にはいくつか冒険者が使う武器や魔道具を取り扱っている店がある。

少し町の中心から外れたところにあるガロンの店もその一つだ。屈強な肉体はどちらかといえば冒険者かと思われそうだが、鍛冶屋が本業である。

人通りが少なく、扱っている武器や道具も幅広いというわけではない。

ただ、ベテランの冒険者であるほど彼の店のものは扱いと利用者が多い。

そうした固定客で商売をしているガロンの店の前は、その固定客が茶を飲みに来るような場所だった。

今日はAランクの冒険者であるシトロフがやってきていた。ガロンにも負けず劣らずの筋肉質な身体だが、髪は少し白髪が目立ち始めている。

年季の入った大剣の整備を、ガロンに依頼しに来たのだった。

「――ったく、昼飯中に来るんじゃねえ」

「食うのおせえな。それに、利用者は多くないんだから別にいいだろ？」

「ああ？　喧嘩《けんか》売ってんのか」

ガロンはそう言いつつも、やってきたシトロフに茶を出して椅子に座る。

こうしたところで情報を得るのもガロンの日課だった。

「変わったことはなかったか？」

「変わったことねえ……俺も迷宮に潜ってばかりだからな」

悩むように腕を組むシトロフ。

ふと、何かを思い出したように口を開いた。

「そういえば、つい先日ワイバーンの襲撃があったらしいな」

それを聞いて、ガロンは首を横に振る。

そんな話はむしろ、シトロフよりもガロンの方が詳しい。

実際に、町でそれを見たのだから。

「《蒼銀》がなんとかしたやつだろ。お前より詳しいわ」

「レインか。確かBランクの冒険者だったよな？」

「ああ、噂によると、実力を隠していたとか言われてはいるが……」

「そういう性格にも見えねえんだよな。もしかして、何か不思議なパワーでも働いたんじゃねえか？　覚醒《かくせい》した、みたいなよ」

「何が覚醒だ。アホなこと言うんじゃねえ」

　こうしたところでも知られてはいる。中性的な容姿をした銀髪の青年――目立つ見た目はしているが、目立った活躍はしない冒険者だった。

「レインといえば、この前は《紅天》のメンバーと一緒にいたぞ」

「なに、女だけのパーティじゃねえか」

　茶をすすりながら、ガロンは面白そうな話だと笑った。

　ついに女だけのパーティで、男も入れるようになったのだろうか、と。

「なんだ、《蒼銀》は女にでも転職したのか？」

　冗談めかしてガロンが言うと、シトロフは笑った。

「はっはっ、そりゃいいな。あいつが女だったら可愛《かわい》いって評判だぞ。ま、あいつは女と間違えられるのが嫌みたいだがな」

　そうシトロフが答え、茶を含んだところで――

「ぶーっ！」

　一気に噴《ふ》き出した。思いっきりガロンにかかる。

　ガロンが慌てて立ち上がり、怒りの声をあげた。

「おまっ！　きたねえ！　何しやがる！」

　シトロフが驚いた表情で指をさす。ちらりとその先の方向を見ると、ガロンは手に持っていたコップを落とした。

　紅天のメンバーが町中を歩いている。

珍しいことではないが、この近辺ではあまり見られない光景だった。

その中心に隠れるようにして歩いているのは、特徴的な銀髪を持った人物。

ただ、着ている服装は普段の魔導師ご用達《ようたし》のローブなどではなく、白いフリルのついたドレスというガロンとシトロフの想像を超えたものだった。

見られていることに気付いたのか、さっとレインは必死に隠れるように歩き始めたのが分かった。

その姿を、二人の男達は見送る。

「『覚醒したのか……？』」

できるだけ人通りの少ないところを選んで歩いたはずだったが、それでもレインが人目を集めることは変わらなかった。

＊＊＊

「それじゃ、また後でギルドの方でね」

「お待ちしていますよ」

「まあ、その、なんだ。元気出せ？」

三人から一言ずつもらい、レインは家まで送ってもらった。

家に入ると同時に、レインはばたりとその場に伏す。

（や、やってしまった……僕としたことが……）

本来ならば絶対にあり得ないようなことをしてしまっている。

レインは結局、センとシトリアが買ってきた服で帰宅した。

極力、人目を避けるように移動してきたとはいえ、それでも結構な人数と遭遇することになってしまった。

今着ている服でなぜ帰ったか。手持ちのお金がもうないというセンとシトリアの言葉と、もう一つ——

「こんな格好で町中を歩けるわけがないだろ！」

「いやいや、似合ってるし可愛いから大丈夫よ」

「そういう問題じゃないっ！」

「わがままばかり言って、どこまでも男らしくないわね。本当は女の子なんじゃないの？」

「……っ！　な、なんだと？　だったらこのまま行って——」

……という、センとのやり取りがあったからだ。

家に着いてから、レインは思いっきり後悔した。安い挑発に乗るような性格ではなかったはずなのに。

どうしても『本当は女の子』ではないかということを引き合いに出されると、ムキになってしまう。

この格好のまま町を歩いたところで、男らしさなど欠片《かけら》も感じられないはずなのに。

「とても女の子らしかったわ」というセンからかけられた言葉もあって、さらに気持ちが沈んでいく。

完全にパーティにおいて玩具《おもちゃ》のように扱われそうになっていた。

（変な噂が広まるだけだ……女装して町中を歩くなんて……）

実際、今の状態ならレインは女装をした、ということにはならない。

町中でレインを見かけた人々は、誰もがとても似合っていると思っていた。

ただ、それはレインにとっては問題であり——

（似合ってるとか、似合ってないとかじゃなくて……僕は男——）

ふと、鏡に映った自分の姿を見る。

改めて見ると、そもそも服がなくとも完全に女の子に寄ってしまっているが、こうして着替えるとなおさらだった。

それを見てレインが思ったことは、

（か、可愛い、かな？　センも言ってたけど……じゃないっ！　何を考えているんだ、僕は!?）

頭を横に振り、シャワーを浴びるために服を脱ぐ。

あくまで自分は男だと言い聞かせるレイン。

だが、すでに服を脱いでシャワーを浴びるところまでは特に違和感なく行えてしまっているという事実に、まだ気付けていない。

レインは少し悩んでいた。

このままもう歓迎会もすっぽかして家に引きこもってしまおうか、と。

しかし、それをすればまたセンから「男らしくない」などと言われるだろう。

（そもそも、なんでそんなことを言われないといけないんだ……！）

そうして、レインは決心をする。

この後の歓迎会で、必ずセンとシトリアに勝つ。

それなりにアルコールに対しては強いという自信がレインにはあった。

男らしさを示す機会はここしかない——レインは着替えを終えると、真剣な表情でギルドへと向かった。


——もしも勝てない相手に出会ったら？　全力で逃げればいいのよ。別に戦う必要なんてないのだから。けれど、戦わなければならないときはいずれ来るかもしれないわね。だって、あなたは『男の子』だもの。


かつてのレインの師の言葉だ。

それからレインは勝てない相手ではなく、勝てないかもしれないと思った相手とは戦わないようにしていた。

それが冒険者として生きていくためのレインの信条だった。

ギルドの方までやってくると、なぜか入り口付近に数名の男達が倒れているのが見えた。

すでに異様な雰囲気ではあるが、酒場の前ならばそれほどおかしい光景でもないとレインはスルーする。

ギルドの酒場はギルドの受付のあるところから少し奥にある。

大体いつ入っても誰かしら飲んでいる印象だったが、案《あん》の定《じょう》それなりの人数がすでにいた。

「こっちこっち！」

センがこちらに手を振る。中央付近を陣取《じんど》って、紅天のメンバーが集まっていた。

目立つところにはいたくないが、仕方ない。

レインも席に着いて、メンバーが揃う。

今回は、森にはこなかったエリィもいた。

ただ、相変わらず不機嫌そうではあったが。

「——というわけで、無事に歓迎会が終わったので、本物の歓迎会を始めるわ！」

「あれも本当に歓迎会のつもりだったんだ……」

「エリィもいつまでもそうしてないで機嫌を直したらどうだ」

「別に、普段通りよ」

リースに言われてもエリィの態度は変わらない。

そのまま拒否の姿勢を続けてもらってもレインとしては構わないが、今はそれが目的ではない。

シトリアがメニューをレインの方へと手渡し、

「何を飲まれますか？」

そんな問いが店員から来る。

「いや、僕はセンと同じものを頼むよ」

シトリアが少し驚いた表情をする。

ちらりとセンの方を見ると、なんとなく察したのか、

「あら、お姉さんと勝負でもするつもり？」

「勝負——その通りだ。僕は君に決闘を申し込むつもりで来た」

「決闘とは大きく出たな。さっきの男達みたいだ」

横からリースがそんなことを言う。

入り口付近で倒れていたのは、リースとセンが倒したらしい冒険者だった。

どうやらここに到着した時点で、男であるレインが加入したことを聞きつけた何人かの冒険者がパーティ加入を希望したらしい。

そこで、もしリースに勝てたら入れてもいいという条件のもと、おおよそ五人目まではリースが相手をし、残りはまとめてセンが倒したのとのことだ。

そこまでして入りたいというのはこのパーティ自体が強いというのもあるだろうが、どちらかというと邪《よこしま》な考えが強いのではないかとレインは感じる。

代わってくれるなら代わってほしいと思うくらいだが。

「ふふっ、いいわよ？　さっきのよりは楽しめそうじゃない。飲み会ならそういうイベントがないとつまらないわ。もちろん、リースもやるわよね」

リースは小さくため息をつきながらも、「構わないが」と頷いた。

「でも、決闘というからには何かを賭けるの？」

「そうだな――僕が勝ったら、もう二度と『女みたいだ』だとか、『男らしくない』とは言わせないぞ」

それを聞いたセンはくすりと笑い、

「そういうところは子供っぽいわ」

と、馬鹿にするような感じだった。

レインはむっとするが、それでも努めて冷静に答える。

今からセンのペースに合わせてはいけない。

「そういうところも含めて！　やめてもらうから！」

「いいわよ。それじゃあ、わたしが勝ったら……そうね。レインちゃんって呼ばせてもらおうかしら？」

挑発するような笑みのセンに、レインは静かに頷く。

「……分かった」

「ふふっ、素直な子は好きよ？　レインちゃん」

「せめて勝ってから呼んで!?」

レインが勝てば、態度は改めてもらえる。負ければ『レインちゃん』という、いかにも女の子という呼び方をされてしまう。

問題ない――勝てばいいだけの話だ。

ただ、シトリアは少し心配そうな表情をしている。

「本当にやるつもりですか？」

「もちろんだとも」

「止めはしないですけど……」

（止めないのかよ！　いや、止められてもやるけど……）

エリィはすでにソフトドリンクを飲み始めていた。

どうやら、酒は飲まないらしい。

あるいは飲めないのかもしれないが、すでに一人で食事を取り始めていた。

並べられた料理も豪華で、普段レインが酒場で頼むようなものよりもはるかに上をいく。肉料理から魚料理まで様々だった。

ただ、食事をしに来たのではない。これからレインは、戦おうとしているのだ。

少しは胃に食べ物を入れる必要はあるだろうが、どちらかといえば許容量の方が重要になる。

(酔《よ》いが早目に回るようなことはないようにしないと)

順番に酒が運ばれてくる。

シトリアはグラスに入ったブルーのお酒だった。甘い方が好みらしく、そういう系統のものしか頼まないらしい。

それでもアルコールの度数はそれなりらしいが。

(そういえば、何を頼んだのかは聞いてなかったな)

センもリースも相当なアルコール好きというのは分かる。

大体、そういう人間ほど酒には強いというのが鉄板だが、レインもそれなりに自信があった。

人と比べれば酔いにくい体質だからだ。

「「「お待たせしましたっ」」」

そうして、酒場の店員三名から運ばれてきたのは、三本の大きなビンだった。

それぞれセン、リース、レインの前に置かれる。

度数は十五パーセントくらいだったが、酒場においてはそれなりに高級で飲みやすいと有名な酒らしい。

それがただ、置かれたただけだった。

「えっ、これ？」

「うん、そうよ？　苦手とかないわよね」

「も、もちろん、大丈夫だよ」

レインは平静を装うが、冷や汗が流れる。動揺を悟られないようにただ一言だけにとどめた。

「まあ、一杯目は優しめなやつからいくのが鉄板だからな」

（何が優しめなの⁉　一杯目じゃなくて一本目じゃん！）

酒を飲む前から、レインの心臓の鼓動が少し速くなった。戦ってはいけない相手と戦おうとしているのかもしれない、と。

それでも、もうレインは退《ひ》くことはできなかった。

男には——戦わなければならないときがある。

（……落ち着けっ。このくらいなら僕でも問題なくいける。彼女達も人間、この一本目でもそれなりには酔うはず……っ）

「それでは、レインの加入を祝して——乾杯っ」

「「かんぱーいっ」」

（負けるわけにはいかないっ）

それが開戦の合図だった。

お酒を飲むのはレインにとって数日ぶりだった。女の子になってしまってからは、初のことである。

元々酔いにくい体質であったから、安くて度数の高いものでも問題なく飲めた。量を飲むということはしないが、それでもそれなりには飲める自信はある。

それこそ驚きはしたものの、リースとレイン相手にだって問題なく戦える。

そのつもりで飲み始めたのだ。そのはずだったのに――

(あれ、何かおかしい……)

一本目――まだ半分くらいしか飲んでいないが、すでに予兆はあった。

いつもよりも圧倒的に酔いが回るのが早い。

心臓の鼓動が耳に届くほどで、腕の方を見ると白い肌がすでに赤と言ってもいいくらいに変化していた。

定期的に深呼吸をしないと少しきついくらいだ。

「はぁ……ふぅ……」

「出産でもするのかしら？」

「違うよ!?」

センの言葉にレインは素早く突っ込む。

センは一本をほとんど空にしても余裕そうだった。

リースは少し心配そうにレインに声をかける。

「レイン……君、あまり酒に強くないんじゃないか？」

「そうね、随分張り切っていたようだから期待してたけれど、無理はしない方がいいわよ？」

「そ、そんなことはないっ」

そう言うリースとセンはすでに二本目に入ろうというところだった。

二人が追加で二本目を頼んだところで、レインは慌てて一本目を飲み干す。

じわりと身体の奥から熱いものが広がっていく感覚が強い。

飲み始めて数十分程度――今の状態で酔いが回ってきているなら、これを飲み干したときの反動は想像したくない。

（まずい……まずいよ、これは）

レインはどうして、こうなってしまったのか考えた。

たどり着く結論は一つ、体質が変化してしまっているということ。

こんなハンデがあるなんて、レインは想像もしていなかった。

正攻法では勝てない、レインは考えを巡らせる。

（センもリースも飲むのは早い……けど、わざわざ僕の方を気にして飲んでいるわけじゃない。早い話、この戦いは多く飲んだ方が勝ちとも決めてないわけだ……つまり――）

センが先に酔い潰れたらいい。

センとリースがこのままの勢いで飲み続けて潰れてしまえばどうとでも事実は変えられる。

（勝てない相手とまともに戦う必要なんてないっ。センが勝手に酔い潰れるのを待てばいいんだ。酒は飲んでも飲まれるな――ふふっ、いい言葉だね）

勝てる方法で勝つ――それが卑怯《ひきょう》だと言われようと、レインはそうすることに決定した。

問題となるのはエリィとシトリアだが、エリィはレインに対して興味がないといった様子で食事を続けている。

エリィの方は特に気にする必要はない。

そうなると、問題になるのはシトリアだけだ。

ちらりと、レインはシトリアの様子を確認する。

(あれ、またなんか変わってる……?)

レインは目をこすって確認する。

シトリアの方を見るたびに、酒の色が変わっていた。

遂《つい》に酔いが回りすぎてしまったのか、とレインはまた目をこすって確認する。

すると、シトリアがレインに向かって微笑んだ。

「どうかしましたか?」

「あ、いや……」

「もしかして……」

シトリアが怪訝《けげん》そうな顔でこちらを見る。

疑問に思うようなことは何一つしていないはずだが、レインは緊張した。

シトリアはそうしてしばらくレインの方を見た後に、

「眠くなっちゃったんですか?」

そう言いながら、シトリアはレインを抱きかかえるように引き寄せる。

ちょうど、胸のところにレインの頭が来るような形だった。

レインも気付いていなかった。

シトリアはかなりのハイペースで一人で飲んで、かなり酔っているということに。

（あっ、柔らか――じゃないっ）

「ちょ、ちょっと、危ないってっ」

「えぇ、さっきから眠そうに目をこすってたじゃないですかぁ？　ちらちらこっち見ていたのはぁ、眠かったからじゃないんですか？」

「やっぱり酒に弱いんじゃないか」

「寝てもいいわよ、レインちゃん」

「……っ！」

レインとリースの様子を見て、そんなことを言い始める二人。

レインはなんとか起き上がろうとするが、シトリアが思ったよりも力強く抱いていた。

よしよしと無理やり頭を撫《な》でられて視界が揺れる。

「シ、シトリア！　本当にまだ眠くないから……それに、ちょっと当たってるって……」

「当たってる？」

「む、胸が……」

「まあ、レインさんったら……えっち」

恥ずかしそうに胸を押さえるシトリア。

なぜかレインがエリィから軽蔑《けいべつ》するような視線が送られる。

（僕は被害者だよ……!?　くっ、今ので酔いが……回ってきた）

それでもレインはなんとか起き上がる。

シトリアとの絡みの影響で、余計に酔いが回ってしまった。

まったく同じ酒の瓶《びん》がまた目の前に置かれた。

「頼んでおいてあげたわ」

「……ありがとう」

素直にレインは礼を言うと、そのまま瓶に口をつけようとする。

その様子を見て、リースから一言かけられた。

「本当に無理はするなよ？」

「してないっ！　してないよっ！　ここからが本番だから！」

レインはそう答えて、目の前にあった瓶をそのまま一気に飲み始める。

リースは心配そうにしていたが、センは煽《あお》るように、

「あら、男前よ！　レインちゃん！」

「ぷはっ！　そうだ！　僕は男なんだぞ！」

「うんうん、それじゃあもっと飲んでいこう。お姉さんもちょっとだけやる気出てきたから」

「後悔するなよっ」

ビシッと指を立てて敵対の意思を表明するレイン。

すでに顔は真っ赤で、ふらふらとし始めていた。

被っていたはずのフードも取れているのに、それも気にしない。

(あれ？　なんかやろうとしてたようなぁ？　……まあいっか！)

正攻法では勝てないということを忘れ、レインはまたそのまま瓶を飲み始める。

「いいぞっ！　レインちゃん！」

「ふふっ、男らしいですね、レインちゃん」

「えへへっ、でしょー？　僕だってこのくらいへーきで飲めるんだからねっ」

「そう？　じゃあ次からは、もっとおいしいやついっちゃおうか？」

「どんとこーいっ！」

すでにセンとシトリアからも『レインちゃん』と呼ばれていることにも気付かず、満面の笑みで答えるレインと楽しそうに煽るセンとシトリア。

センはまだしも、シトリアは大分酔い始めているようだ。

この時点でまだほろ酔いの状態なのがセンとリースだった。

センはそのまま、量は少ないが『度数の強い酒』へとシフトしていく。

リースはそれを見て、考える。

(突っ込むべきか、話し方も含めて男っぽくなくなっていると……)

レインには女であるとばれたくない事情がある——それなのにこのまま放っておいてもいいのだろうか、とリースは考えた。

だが、レインはとても楽しそうだったので、酒の席でそういうことを考えるのは野暮《やぼ》だとまた飲み始めることにした。

「……バカみたい」

そんな状況を見て、唯一この場を楽しもうとしていないエリィは静かに呟《つぶや》く。

エリィのことなど気にもせず——否《いな》、気にすることもできないほどに、レインは冷静な考えができる状態ではなくなっていた。

それからさらに時間は流れて――

「いやぁ、それにしてもレインが裸で連れてかれたときはびっくりしたわ」

「あれはぁ、違うんだよ？　はぁ……僕はそんなに強くないんだからさぁ。守ってくれないと……ふぅ……」

センとレインが今日の戦いについて話している。先ほども、似たような話をしていたところだった。

エリィは食事を終えて先に帰宅した。

シトリアはというと、先ほどまではしっかり起きていたが、今は半分眠っている状態だ。

センはかなりのハイペースで飲んだ結果、大分できあがってしまっている。

レインはというと、もう酔い潰れる寸前だった。顔はずっと真っ赤な状態で、呼吸はかなり浅い。

唯一、この場でまだ常識的なのはリースだけであった。もう勝負があったことも忘れてしまっていそうな感じだった。

それはそれで、リースにとっては助かることではあった。

「まあ？　あなたがあの巨大なアラクネを倒したんだから、やっぱり凄いとは思うわよ？」

「ほんとっ？　男らしい？」

「んー、見た目は女の子よね」

「そんなことないよぉ！」

この話が定期的に出るものだから、周囲ではすでにレインがS級に匹敵するレベルのアラクネを倒したという話が広まり始めていた。

噂というのは酒場から始まりやすいものである。ましてや、Sランクの冒険者であるセンが言っているのだから、周囲の人間がそれを信じることは容易だった。

「あの蒼銀がアラクネを倒したんだってよ」

「そもそも紅天に男が入るなんてな」

「でもよぉ、見たかよ？　レインってあんなに女みたいな顔だったか？」

（……いいのだろうか）

リースだけがそれを感じていた。

レインが強いことが広まることについては、正直仕方のないことだとは思う。

ただ、レインは女であることは極力隠したいと言っていた。

今の本人は酔ってしまっている影響もあるだろうが、隠すつもりはあまりなさそうに見える。

「レイン、ちょっと――」

「レインも男の子だって言うなら証拠見せてよ、証拠」

リースの言葉を遮《さえぎ》るように、センがそんなことを言い出した。

レインは怪訝そうな顔をする。

「……証拠ぉ？」

「そう！　隠してばかりいないでさぁ」

センの言いたいことをリースは即座に理解する。

要するに脱いで見せろというわけだ。

酔っ払っていると、人はこういうことも平気で言うようになる。

そして、リースがもっと心配していることは、

「……見せたら信じてくれるの？」

すでに顔は真っ赤なのに、さらに赤くしてそんな風に答えたのだった。

リースは思わず咳き込む。

（し、正気か……？　いや、正気じゃないか！）

リースもさすがに慌てる。

リースにとって、レインは普通に女の子だった。

こんな酒場で人が見ているところで脱ぐなど、ばれるばれない以前にまずいことだった。

だが、そんなリースの心配をよそにレインは服に手をかける。

「待てっ！　レイン！」

それはまずい――リースは立ち上がりレインを制止しようとする。

それを阻《はば》もうとするのはセンだった。

「あら、どうしたの？　急に立ち上がって」

「セン……悪ふざけがすぎるぞ。このままだとレインが……」

ちらりと見るともうローブを脱いでいた。

ぱさりと床に転がる。荒い呼吸で服を脱いでいく様は、なんとも言えない光景だった。

それには周囲の者も、レインが男だと認識しているにも拘らず見てしまう。

「……ごくり」

「お、おい。男が脱いでるの見て楽しいのかよ」

「そうは言うけど……」

完全にレインは目立っている。

このまま脱げば、男を自称しているレインは確実にその正体を明かすことになる。

それはレインにとっての死活問題であったが、酔っている本人は気付いていない。

リースにとっては、ここで裸を晒すことに問題がある。

「そこまでだ、レイン!」

リースはそのまま卓を飛び越えて、レインが脱ごうとするのを止めようとする。

その腕を、センが掴んで止めた。

「ちょっとぉ、今いいところなんだから」

「セン!　ここでレインが脱ぐのはまずいんだ」

「男が脱いだって別に大丈夫だって!　他にもいるでしょ?」

確かに、上半身が裸の男がいるにはいる。酔っぱらうと脱ぎたがるのは人の性《さが》かもしれない。

リースはもう片方の腕で、レインを抱えた。

それはまるで子供を持ち抱えるようだった。

「わっ、リース……?　どうしたのぉ?」

「レイン、君も飲み過ぎだ」

「そんなことないよ?」

上目遣いで、レインが答える。

(くっ、可愛いな……)

リースは可愛い女の子が好きだった。

こうなると、今度はリースの方にも少し邪な考えが出てくる。

だが、リースはあくまで常識的だった。

「ちょっと、レインが脱げないでしょ」

「その発言がおかしいんだが？」

「どういうつもりか知らないけれど、どうしてもレインをここでは脱がしたくないってわけね？」

「レインではなくとも脱がしたくはないが！」

睨《にら》み合う二人。

リースとセンが同時に動いた。

センが握る手を振り払い、レインを抱えた状態でその場から後方へ跳び移る。

そのまま、センがレインを奪おうと前に出た。

レインへの注目から今度は酒場で始まったSランクとAランクの戦いで、冒険者達は盛り上がる。

「おー、喧嘩か？」

「いいぞー、やれやれ！」

「センとリースがレインの奪い合いをしてるぞ！」

集まってくるギャラリーにぶつかることなく、二人は機敏に動き続ける。

時折、その動きに反応してかシトリアが起きるが、

「……？　騒がしい、ですね」

またすぐに眠りについた。

レインの奪い合いは本来、レインを抱えている状態のリースの方が不利なはずだった。

そもそも、身体能力もセンの方が上である。

ギリギリでかわしている状態——いずれリースは捕まるかもしれないと誰もが見ていて思った。

ただ、センの方が酔っている分、激しい動きに身体がついていかなかった。

「うっ、ちょっとタンマ……」

センが口元を押さえているのは、吐き気が強くなってきたからだろう。

リースは勝利を確信していた。

「いくら君でも、そこまで酔った状態では私に勝てないようだな」

「……そう、みたいね」

「……リースっ」

抱えていたレインが静かにリースの名前を呼ぶ。

大丈夫か——そうリースがレインに言おうとしたとき、

「おえぇ……」

完全に許容量を超えた動きに、レインの方は吐き気を我慢しきれなかった。

歓迎会はなんとも悲惨な結果に終わることとなった。

＊＊＊

「う、うん……？」

レインは自分の家で目を覚ました。

物凄く喉が渇いてイガイガすることを除けば、特に体調が悪いということはない。

(二日酔いにもなってないなんて、これも体質なのかな?)

ただ、気がかりなことはあった。

(あれ、昨日どうなったんだっけ……?)

センと酒で勝負をする——そして戦略で勝とうとした。

そこまではなんとなく記憶している。

ただ、それ以降の記憶が一切思い出されない。

おそらく、リースあたりが家まで送ってくれたのだとは思うが。

「……後で確認しとこう」

起きてすぐにシャワーを浴びる。

記憶がないほど飲んでしまったというのは久々どころか、ほとんど初めての経験だった。

何が起こったのか分からないというのは新鮮な気分ではあるが——

(変なことが起こってないといいなぁ……)

そんな風に寝起きのレインは軽く考えていた。

シャワーを浴び終えると、いつも通り書簡を確認する。

すると、珍しくレイン宛で綺麗に包まれた書簡が送られてきていた。

「お、これは……」

レインはすぐにソファに座って、中身を確認する。

内容は簡潔に言えば、アラクネを討伐したレイン個人に対して依頼したいことがあり、一度会っていただきたいというものだった。

こういう個人への依頼はAランク以上の冒険者にはよく送られてくることはあるが、レインにはあまりなかった。

(なんでアラクネを倒したって知ってるんだろ？　もう広まってるのかな)

昨日のことを一切覚えていないレインにとっては、とても不思議なことだった。

まだ倒して間もないというのに、もうそれが伝わって依頼に繋《つな》がるとは。

しかも、個人宛でこの綺麗な包装となると、それなりの報酬が期待できる。

要するにギルドを介さない、あるいは介せなかった依頼ということだ。

(依頼内容にもよるけど、とりあえず指定された場所に行ってみるかな)

指定されたのはどうやら自宅らしい。

差出人の名はクレア・フォフィス。女性と思《おぼ》しき人からだった。

レインはその後、朝食を食べ終えると、足早に指定された場所へと向かった。

自身に合うローブをまだ買っていないので、アラクネに溶かされたものとはまた別だが、少し大き目なもので顔まで隠しておく。

だが、レインの姿を見るたびに町行く冒険者達が——

「よう、レイン。昨日は大変だったな」

「レイン、誰にでもああいうことはある。気にするな」

「今日はきっといいことあるさ」

（な、何があったんだ……⁉）

繊細そうだと思われていたレインは冒険者達に気を使われて何があったのかは教えてもらっていない。

ただ、それが逆にレインの心配を煽った。

もしかすると、女の子になってしまっていることがばれてしまったのではないか、と。

だが、それならばもっと反応は大きくなるはず。

レインは気がかりながらも、依頼を確認するためにそのまま指定された場所へと向かった。

# ◆第三章　依頼を受けました

「人探し？」

「……はい」

金髪の女性――クレアは俯《うつむ》いたまま小さな声で答えた。

クレアの家はこのあたりではかなり大きな部類だった。

クレアの父が冒険者として大成した人物らしく、今もこうして不自由のない暮らしを送れているとのことだ。

「実は、結婚を約束した相手がいるんです」

「まさか、その人を探せって？」

レインは一瞬、逃げられたのかと思ったが、どうやらそうではないらしい。

「迷宮に入ったまま、もう一週間以上戻らないんです」

「一週間……」

（あり得ない日数じゃないな）

レインは迷宮で探索をする冒険者だ。基本的には長くても二日か三日で戻るだろうが、奥地まで進もうとしたら一週間はかかってもおかしくはない。

ましてや、クレアの夫となる人物であるウィリアムはAランクの冒険者らしい。

Aランクの冒険者が迷宮で探索をしていれば、一週間くらいはかかるだろう。

レインは同様の説明をしたが、それはすでにギルドに言われたことらしい。

そのうえで、ギルドでは受け付けてくれなかった依頼を、レインにしたいとのことだった。

「どうか、ウィリアムを探してきてくれませんか？」

「そう言われても……」

「アラクネを倒したというあなたなら！　必ず成し遂《と》げてくれると信じています！　ギルドも依頼を受けてくれなくて……っ」

今にも泣きだしそうなクレア。心配する気持ちも分かるが、まだ慌てるような話ではない。

そもそも、冒険者を探すために冒険者が出るというのは本末転倒な話であり、ギルド側としても依頼として処理できなかったのだろう。

いずれ戻ってくる可能性のある人物を探す――依頼として受けるには少し微妙だ、とレインは感じていた。しかし、

「お金ならいくらでも払いますから！」

「……なるほど、分かった！　この依頼、《蒼銀》の名にかけてこなしてみせるよ」

「あ、ありがとうございます！」

即答だった。

レインはお金が稼げると思えば、依頼は受ける。

なぜなら、今回の仕事の内容は早い話、そこまで危険を伴《ともな》うものでもないからだ。

迷宮の探索にはある程度慣れているし、何より本人は戻ってくる可能性が高い。それで依頼料がもらえる――

（ふっ、何も文句はないな）

レインはウィリアムが向かったという迷宮の情報をもらい、一度紅天のメンバーの集まる家を訪れることにした。

一応、パーティを組んでいる以上はメンバーには連絡しておきたいということと、リースに話を聞いておきたいところがあったからだ。

おそらく、紅天のメンバーはついてこない――レインはそう思っていた。そして案の定、

「……私はパスだ。すまないな」

「私も、まだ眠気が抜けませんので……」

リースもシトリアもあまり体調が良くなさそうだった。飲んだ後は大体こうなるらしい。

センに至っては部屋から出てこないレベルだった。

ちなみにレインが昨日のことについて聞くと、

「まあ、そのなんだ。君の名誉は守った、と思う」

「何その微妙な言い方⁉」

あくまでもレインに対して何があったかは誰も語ろうとはしなかった。

シトリアも詳しくは知らないという。

あとはセンだけだが、センは一向に部屋から出てこない。

（気にしてもしょうがない――まずは依頼の方をこなすことにしよう）

誰もついてこないのなら、依頼料は問題なくレインだけのものになる。去り際ににやりとレインが笑ったところで、

「待ちなさい」

ぴたりと、レインは足を止める。

声をかけてきたのは——リースの妹であるエリィだった。

「どうしたんだ、エリィ」

「お姉——リース。誰も行かないなら、あたしが一緒に行ってくるわ」

「な、に？」

レインが驚いてエリィの方を見る。

眉をひそめながら、エリィがこちらを睨みつけて言う。

「嫌なの？」

「い、いや、そういうわけじゃないけど……」

予想しなかった相手が、レインと共に迷宮に入ることになったのだった。

「……」

「……」

沈黙したまま、レインとエリィはウィリアムが向かったという迷宮へと向かっていた。

町より東側——いくつかある迷宮の中でも最低Cランクは必要とされる場所——《カザス迷宮》。

奥地まではまだ誰も到達しておらず、いまだに魔道具による罠が残っている場所だ。

元々、迷宮というのは過去の人々が財宝を隠すために造り出した共有の金庫とも呼ばれている。

だんだんと利用者が減少するにつれてそこに魔物が棲《す》みつき、また時の流れを経《へ》て冒険者という存在が宝を求めてやってくるようになったというわけだ。

実際のところ、その用途も判明していない。

一概《いちがい》に迷宮といっても、たとえば地下だったり、オブジェのようなものだったり、中には古代都市のようなものまで存在する。

今回向かう場所は、地下に通じるところだ。

レインは迷宮を探索する冒険者としては慣れているが、エリィはおそらく魔物を狩ることを生業《なりわい》としている冒険者だ。ここで先導するのはレインの方だろう。

「えっと、僕が先に行く形でいいかな?」

「……構わないけど」

「うん、それじゃ、よろしく」

なんともぎこちない会話のまま、迷宮へと入ることになった。

(実に気まずい……)

レインは心の中で呟く。

そもそも、エリィがレインについてくること自体が謎だった。

エリィはレインが紅天に入ることには反対していたはず。

それなのに、レインの依頼に同行してくるとは思わなかった。

(依頼料は半分になっちゃうな)

レインが心配していることは、どちらかといえばそちらの方だった。

そんなレインに対して、エリィはようやく話しかけてくる。

「あんた、アラクネを倒したんだって?」

「え、ま、まあ……」

「ふぅん。お姉――リースから聞いたけど、それであたしがあんたを認めたわけじゃないから」

エリィの言葉に、なんとなくレインも察した。

レインが本当にそれだけの実力者なのか見極めたいというところなのだろう。

実際、レインは今までBランクの冒険者としてそれなりに知名度がある程度だった。

それも、迷宮を生業として目立った記録はない冒険者だ。

対するエリィは同じBランクながらも最強のパーティの一角である紅天で活躍する魔導師。

パーティを共にするなら、その実力を見定めたいというところだろう。

(試されるっていうのは苦手だなぁ)

レインはため息をつきながらも、迷宮に入ると同時に地面に手をついた。

エリィが訝《いぶか》しげな表情でそれを見つめる。

「……何してんの？」

「何って……罠がないか確認してるんだよ」

「罠？　そんなので分かるの？」

「迷宮を探索するならそれに応じた魔法があるんだよ」

そうして、レインはある魔法を発動する。

《エコー》と呼ばれる魔力を波形状にして飛ばす魔法だ。特殊な魔法でコーティングされていない限りは、これでおおよその罠は感知できる。

一階層となると、大体はすでに破壊されている可能性も高いが、念のため確認は怠《おこた》らない。

レインの思った通り、こうした攻撃でない魔法については威力が増大するというよりも範囲が相当拡大するだけだった。

それこそ、一つ下の階層までも把握できるほどだ。

だが、そこまで細かくは覚えられない。

結局のところ、定期的には発動することになる。

「さて、それじゃあ行こうか」

「……ええ」

レインを先頭に、迷宮の探索が開始された。目的は一つ——冒険者、ウィリアムの捜索だ。

＊＊＊

レインが定期的に、壁に魔法でマーキングをしていく。

迷宮内は入り組んでいて、ある程度目印は必要になる。慣れていてもそれは必要なことだ。

エリィはそんなレインの様子を見て、一言呟く。

「意外ね」

「え、何が？」

「アラクネとの戦いを聞いた限りだと、もっと考えなしのアホかと思ってたわ」

「……直球すぎるよ。まあ、アラクネのときは確かに不甲斐《ふがい》ないと言われても仕方ないけれど、僕は本来こういう迷宮を探索する冒険者なんだ。ここで慌てるような生活は送ってないよ」

レインは自信満々――というわけではないが、はっきりとそう答える。開けた場所での行動と狭い場所での行動ではそもそも違うというところだろう。

レインはしばらくまっすぐ進み続けていたが、

「すぐ先に魔物がいるみたいだね。迂回《うかい》して進もう」

「……戦わないの？」

「帰りたいときに帰れるわけじゃないからね。無駄な戦いは避けるのが基本だよ」

師匠からも教わった信条は迷宮でよく生きる。戦う必要のない相手とは戦わない。

もちろん、必要になれば戦いはするが、レインが《氷使い》となった理由はこういう場所での足止めには非常に優れているからだった。

（本当に、意外ね）

エリィはそんなレインの様子を見て、素直にそう感じた。

元々女の子が好きだからというふざけた理由で女ばかり集めようとしていたリースが作ったのが紅天だ。

エリィも変に男と絡まなくて済むのならそれでいいと思っていたのに、急に男――それも、女みたいな男のレインをパーティに入れると言い出した。

正直納得のいかないところもあったが、エリィにとっては今まで名前こそ聞いたことはあっても、あれほどの魔導師であることを隠していたレインに対して、正直不信感のようなものがあった。

それにエリィにとっては悔しいことだったが、前線でワイバーンと戦っているとき、何体か町の方へ向かったワイバーンを討伐したのはレインだ。

魔導師としての実力も、エリィを上回っていると言わざるを得ない。

（こんなことで嫉妬するなんてって、みんな笑うでしょうね）

エリィにとっては、魔導師として強くあることが目標であった。

センやリース、シトリアに後《おく》れを取らない魔導師となること。それがエリィの目指すべきところだ。

それを、目の前のレインは簡単にやってのけたということになる。

（認めるも認めないも……あたしの方が下なんだから、実際笑えるわ）

エリィが一人、そう考え込んでいると、レインが立ち止まる。

「エリィ、あまり体調が良くないようなら帰った方がいいよ？」

「な、何よ？　別に調子が悪いわけじゃないわ」

「それならいいけど、すぐには戻れなくなるから無理はしない方がいいから。つらくなったら教えて」

「……分かったわ」

エリィは不意を突かれた。

後ろめたい気持ちを持っている相手にふと、優しい声で話しかけられて緊張したのだ。

それを、ちょっとした勘違いのように感じてしまってもおかしいことではない。

（ちょっと心配されたくらいで、なんでこんな……）

エリィ自身、男と二人でパーティを組んで依頼をこなすのは初めてだった。

それに気付くのは、もう少し迷宮を進んでからになる。

ただ、目の前の男を名乗る人物は、今は女の子であるという事実はエリィの知らないことであった。

＊＊＊

レインは迷宮内においては頼れる冒険者――エリィもそう感じ始めていた頃だった。

レインの頭上から、欠けた壁の一部が落ちてきて、レインの頭部に直撃する。

大きさはそれほどでもないので、少し痛そうにしている程度だったが。

他にも転びそうになって罠を踏みそうになるなど、何かと目立つところがあった。

(やっぱりドジなのかしら)

(おかしい……迷宮に嫌われたみたいだ)

二人の感触に差はあったが、それでもレインの迷宮攻略における慎重さがなんとか生きた。

迷宮内でも戦闘は発生する。迂回したところで避けられない場合だ。

レインは自身の能力について、ある程度の感覚は掴んでいた。力めば尋常《じんじょう》ではない速度で初級魔法は飛んでいく。

本当にふっと突き出す程度に魔法を発動すると、威力は抑えられる。

それでも、迷宮内にいる魔物はほとんど一撃だったが。

(この中であの威力を出したら崩壊しかねないからね……)

一方、エリィの方も迷宮は初めてと言う割には魔法の調整は上手く、広がりすぎないように発動していた。

エリィは炎の魔法の使い手だ。

BランクといってもAランク寄りということもあって、魔力の操作から魔法の質まで普段のレインを上回っている。

ただ、エリィはレインの方が上であると感じているという、なんとも言えない状況であった。

「Aランクのウィリアムなら結構奥まで進んでいるはずだね。少しペースをあげようか」

「分かったわ」

いつの間にかそれなりの協力関係を結べている。

数日間も中にいるつもりはない。

レインは最短ルートでウィリアムの生存を確認して戻るつもりだった。

(……とはいえ、ここの魔物も弱いわけじゃない)

レインは常に警戒を強める。

だが、強めたところで地味な不運を避けることはできなかった。

また天井から小さな岩が頭に降ってくる。

「……っ」

(うわぁ、やっぱこいつ相当な不運ね)

少し引き気味にエリィがレインを見る。

冒険者にとって運というのも重要な要素の一つだ。

迷宮探索ではもちろん、お宝を発見するには根気だけではなく運も必要になる。

今回は遺物探しという目的はないにしろ、迷宮探索を得意にしているという割にはレインの状況はあまり良くなかった。

（呪い……まさか呪われているのか？　いや、でもあの魔道具はそんな効果は……それとも、僕がこうなることを望んでいたやつがいる……!?）

疑心暗鬼《ぎしんあんき》になりつつあるレインとそれを心配そうに見つめるエリィ。

（はっ、なんであたしがこいつの心配なんか……）

そう思ったところで、エリィは顔を横に振った。

思えば女みたいな見た目といってもレインは男だ。

それをこんなところで二人で探索するなんて――

（デート、みたいな？　いやいや、ないでしょ）

そもそもデートというのは町中で行われるものだ。

けれど、紅天に所属するエリィにとっては、共に冒険をすることができる異性と一緒に迷宮に潜るのはそれに近しい何かであるように感じられた。

（初デートがこんな女男で、しかも大分不運なやつなんて、あたしも相当不運なのかしら）

――とはいえ、一緒に行くと言ったのはエリィの方だ。

それを嫌がるというのはさすがに失礼だとエリィも考えていた。

（まあ、ここまでで、ここではそれなりに頼りになるみたいだし、認めてあげてもいい、かも）

ここまでで、エリィのレインに対する評価が少しずつ変化し始めていた。

エリィがレインを見ていると、またしても頭部に岩が落下する。

「……っ」

「……ふふ」

「なっ、笑った？」

「今、笑ってないわよ！」

なぜか怒られたレインはため息をつきながらも迷宮を進む。

レインの望みは、ウィリアムが早く見つかることにあった。

迷宮に入ってから数時間――相当なスピードで二人は奥の方へと進んでいた。

けれど、一向にウィリアムの気配は掴めないどころか、他の冒険者にすら出会うことはない。

迷宮の広さを考えれば当然と言えば当然のことだが、どうやら今日はこのあたりを誰かが通ったというわけでもなさそうだった。

「……ねえ、本当にここにいるの？」

エリィの言葉に、レインは少し考える。

ウィリアムはこの迷宮に行くと言い残していなくなった。

だが、それからもう数日は経過している。

確かに、別のところへ移動していてもおかしくはない。

ただ、一つの迷宮にこもっていてもおかしくはない期間でもある。一度外に出たのなら、町の方へ戻っているだろう。

だから、ウィリアムはまだ迷宮内にいると考えるのが自然だ。

けれど、闇雲に潜っていっても無駄に時間が過ぎるだけだ。

レインとしては、このまま潜っていて見つからなかったとしても、きっとウィリアムは勝手に戻ってくると考えてはいた。それをエリィに伝えるのは憚《はばか》られたが。

「おそらくここにいるのは間違いない。けど、見つけるのはやっぱり難しいね」

「だから受ける人もいないいんだろうし、ギルドも対応に困っていたんだと思うけど……」

迷宮でいなくなった人探しというのはなんとも不毛な依頼だった。

それこそ本当に迷宮でいなくなったかどうかも分からないのだから。

レインがもう少し進んで、それでも見つからなければ一度引き返そう——そう考え始めた頃だった。

「あれ、そうじゃない？」

「あっ」

鎧を着た男が、奥の方で左右を確認しているのが見えた。

——普通にいた。

依頼のときにウィリアムの容姿については聞いている。

一応、中身が金髪の男であるということも分かっているが、そもそも鎧を着こんでいるのでそれは分からない。

だが、装備についても聞いている。

全身金色——それほどの目立つ男はきっと、迷宮でなくとも一人しかいないのだろう。

「ウィリアムっ！　……でいいのかな？」

「む、君たちは？」

レインが近づいて声をかける。

やはりウィリアムだった。鎧どころか武器まで金色だ。《光石》と呼ばれる迷宮内を照らしてくれる特殊な石よりも、彼自身が輝いているように見える。

迷宮に入って時間は経《た》っているはずだが、とてもきらきらしていた。

（……やっぱり、心配するほどの話じゃないな）

レインの思った通りだった。

レインはウィリアムに、クレアから依頼を受けて迎えに来たという事情を伝える。

ウィリアムは驚いた声をして、

「そんなに時間が経っていたのか……まだ三日くらいかと」

「ああ、分かるよ」

「ええ……？」

ウィリアムの言葉に納得するレインに対して、眉をひそめるエリィ。

迷宮を探索する冒険者は気がつくと時間を忘れてしまう。宝探しをする子供の気持ちは常に忘れない——そんな冒険者達が集まっているのだ。

「さあ、一緒に戻ろう」

「いや、まだ戻れない」

「なんだって？」

クレアが帰りを待っているというのに、ウィリアムはまだ迷宮にこもるという。

さすがに、ウィリアムは見つけたけど連れ戻せなかった、では依頼を達成したとは言い難い。

後でウィリアムから説明してもらえばそれでいいかもしれないが、せっかくここで出会えたのなら連れて戻りたいところだった。

「どうして戻れないんだ？」

「俺はここにクレアへ渡す結婚指輪の資金を用意するためにやってきたのだ。まだ買うには足りない」

「結婚指輪か……」

クレアが婚約していると言っていたが、どうやらウィリアムが迷宮に潜ったのは正式に結婚するための資金を稼ぐためだったようだ。

そういう事情ならば、無理に連れ戻すなんてことをするつもりはない。

ただ、クレアになんと説明したものか。

結婚指輪の資金のために迷宮を探索していたよ、などと報告すれば雰囲気ぶち壊しだ。

レインも一応、それくらいの常識は備えている。どうしたものか、と考えていると、

「だったら私達も一緒に探すわ」

エリィがそんなことを言い出したのだった。

「えっ」

「……？　どうしたの、そんな驚いた顔して」

もちろん驚く。特に稼ぎにもならない話を普通にしようというのもそうだが、エリィがそういうことをするとも思わなかったからだ。

「いや、悪いよ。今会ったばかりの二人に。ましてやクレアの依頼でこんな面倒をかけてしまって

「……」

「別に構わないわ。困ったときはお互い様だし、それにおめでたい話じゃない？　応援してあげるのは当然だと思うけど」

エリィがちらりとレインを見る。

レインもなんとも言えない、という表情をしていたが、正直断りにくい雰囲気も出ていた。

それに、エリィとの仲も普通になってきていたので、わざわざ壊すようなこともする必要はないとレインは考えた。やがて静かに頷き、

「そ、そうだね」

ぎこちない笑顔で答える。

こうして、ウィリアムも含めて三人で迷宮探索をすることになった。

いつの間にか、エリィから認められなければパーティから抜けられるかもしれない、という考えをすっかり忘れてしまっていたのだった。

AランクとBランクの冒険者が三人。それだけの戦力が揃えば迷宮の攻略など余裕で、すぐに稼いで戻れる――そんな甘い話などあるわけもなく、迷宮における探索は難航していた。

主に魔物相手に苦戦しているというわけではない。目ぼしい遺物が見当たらないのだ。

（そもそも、ウィリアムの持っているやつを普通に横流しすればそれなりの額にはなるんだけど……）

レインは一人でそう考える。もちろん、違法なことだ。

ウィリアムの性格から考えるとそんなことはしないだろうし、そもそもそんなことを提案すれば

エリィからもどんな目で見られるか――

（正攻法で稼ぐなら隠し部屋のようなものを見つけるか、あるいは《レア》な魔物か……）

前者はレインとっては少し――というよりかなり苦い思いをした話になってしまった。

そこで見つけた魔道具の効果で、女の子になってしまったのだから。

けれど、元々の効果を考えればかなりの値段になるはずだった代物でもある。

そういう類のものが見つかる可能性が迷宮にはある。

後者はもっと確率は低いが、レアと呼ばれる魔物がいる。

これらは高い魔力の遺物に誘われて、それらを持ち歩いたり、時には食べてしまったりすることがあるのだ。

そうすると、その魔物自体は異常なまでに強くなったり、何かしら魔法のような効果を周囲に振りまいたりするので、それが目印となって分かる。

何か強力な魔道具を持っているのだろう、と。

主に魔物の持つ感覚によって見つけられたものであるため、その効果も疎《まば》らではあるが、倒せばそのままの魔道具が手に入ったりする。

「なかなか見つからないな」

「そうね……正直、なめていたわ」

ウィリアムの言葉にエリィが頷く。

黄金の戦士であるウィリアムは、どうやら見た目こそ目立つが迷宮の冒険者らしく、あまり疲れを見せていない。

レインも同様だった。

対してエリィは、少し疲れの表情が見える。太陽の光を一切浴びることができず、独特の雰囲気を持つ迷宮に数時間以上いるのは、慣れない人にはきついことだった。

「エリィ、無理せず休んだ方がいいよ」

「だ、大丈夫よ」

レインの言葉に、エリィは首を横に振る。なぜか少し頬が赤かった。

(熱でもあるんじゃ……)

レインが心配そうにエリィを見る。

すると、エリィは嫌そうな顔をしながら、

「ジロジロ見ないでよっ」

そう言ってそっぽを向いてしまった。

(心配してただけなのに……まあ、大丈夫そうかな)

レインはエリィの様子を見て、すぐに迷宮の探索の方に意識を集中する。

一方のエリィは、迷宮の探索からレインの方へと意識がうつってしまう。

(何よ、急に優しくしたりして……)

迷宮に入ってから、少しずつレインのことが気になり始めていた。

それは慣れない場所ということや、男と一緒という二つの要因から始まったつり橋効果のようなものだったが、ふと意識してしまうとどうしてか、気になってしまう。

エリィは性格からして他人に対してきつくなりがちだったが、出会ったばかりのウィリアムの事情を知って無条件で手伝うなど根はやさしい性格をしている。

　良くも悪くも純粋であるエリィは、レインに対するこの気持ちがもしかすると、恋愛的な何かではないかと一瞬感じてしまった。

（あり得ない……あり得ないわ。どこにそんな要素があったのよっ。わ、私がこんな女男に――）

　そう思って、またレインを見る。

　男のはずなのに、フードの先から見える横顔はやはり、女の子のように見える。

　正直言って、エリィから見ても可愛く見えるほどだった。

　そんなレインの実力が、エリィを超える魔導師であるという事実。

　初めてあの氷の魔法を見た時、驚きや嫉妬よりもまず《憧れ》を抱いた。

　あんな風に凄い魔法を使える魔導師になって、姉と共にパーティで活躍する。

　それがエリィの目標だったからだ。

（けど、それだけで……）

　エリィが聞いていた話では魔法の力は凄いが基本はドジというものだった。

　ドジというか、確かに不運ではあるが、今のエリィと行動を共にしているレインは迷宮では頼りになる人物であった。

　ギャップというものを強く感じると、人はより心を揺さぶられる。

「……」

「エリィ、本当に大丈夫？」

　覗《のぞ》き込むようにレインが話しかけてきた。

エリィは驚いた表情をしたが、すぐに怒った顔で、

「大丈夫だって言ってるでしょっ」

「ご、ごめん」

思わずそう声をあげる。

レインはすごく申し訳なさそうにエリィから距離を取った。

（あ……怒るつもりなんてなかったのに……）

すぐに謝ろうかと思ったが、レインは気がつくと先の方へと進んでしまっていた。

エリィの方を、黄金の鎧を着たウィリアムが見ている。

「な、何よ？」

「がんばれ」

「何よ!?」

ウィリアムの言葉に、また炎でも出しそうな勢いで声をあげるエリィ。

そんな後ろの騒ぎを耳にして、レインは小さくため息をつく。

（迷宮で騒ぐなよ……）

声が響いて凶悪な魔物でもやってきたらどうするんだ——そんなことを考えたとき、前方からそれはやってきた。

（まさか……あれは……）

レインは思わず息をのむ。

黄土《おうど》色の身体をした、大きなスライム——見た目だけでなく強力な魔力を宿しているそれはレア

な魔物であるということは一目瞭然《いちもくりょうぜん》であった。

　レインはすぐに二人に合図をした。前方からやってきた黄土色のスライムを全員が視認する。

すぐに動こうとしたのはエリィだった。

火の魔法によって先手必勝を狙ったのだろう。

だが、ウィリアムとレインが同時に制止した。

「な、なんで止めるのよ」

「よく見て。あいつ中に魔道具がある」

　レインの言葉を聞いて、エリィは目を凝らす。黄土色で分かりにくいが、確かに真ん中より少し下のところに何かあるのが分かった。

「あれがどうしたのよ」

「要するに、あれが僕達の狙いだ」

「……え、あれを狙うの？」

　エリィが驚いた表情をするが、ウィリアムの方は分かったように頷く。

迷宮においてレアな魔物に出会えることは珍しい。

　エリィは今、そのままあのスライムを倒そうとしたが、それでは中の魔道具を破壊してしまう可能性がある。

「動きを止めつつ、中身を狙うんだ。スライムだと位置が真ん中だと少し狙いにくいけど――」

　話している間に、スライムの方が動いた。うにょうにょと槍のように身体の一部をいくつも伸ばし、三人の方へと攻撃を仕掛ける。

エリィは防御系の魔法を得意とする魔導師ではない。

ウィリアムは剣士だ。故《ゆえ》に、どちらも回避を選択するところだが——三人の間に氷の壁が出現する。分厚く大きな壁はスライムの攻撃を通すことはなかった。

ひやりと少し身体が冷える感覚をエリィは覚える。目の前で見ると改めて凄い——これがレインの扱う魔法だということはすぐに分かった。

「僕があいつの動きを止める。その隙になんとか取り出してみてくれ」

パキリと氷の壁が崩壊すると同時に、ウィリアムが動いた。

槍状となったスライムの攻撃の先端から伝うように凍っていく。スライムの動きは鈍くなっていた。

ウィリアムはそのままスライムへと斬りかかる。

液状の身体は簡単に飛散するが、大きさはそれなりだ。

それに、元に戻る速度もそれなりにある。

「さすがに簡単ではないか」

「——なら、あたしがやるわ！　少し離れていて」

今度はエリィが動く。

エリィが放ったのは広範囲に対して攻撃を行う火属性魔法の《ファイア・ブレス》。単独で動くスライムには有効打にはなりにくいが、今はそれが良かった。

水分が蒸発するような音と共に、湯気のあがった身体でスライムが動く。

レインの氷による足止めは溶けてしまったが、そのサイズは先ほどに比べると小さくなっている

のが分かった。レインはエリィの方を見て頷き、

「これを繰り返せばいけるかも！」

「ええ！」

だが、再びスライムが動いた。

今度は槍状のものではなく、自身の身体から直接放つ弾丸のようなもの。先ほどよりも圧倒的に速い攻撃に、エリィの反応が少し遅れる。

魔導師は詠唱を必要とする。その分、防御などをする場合にはより速い反応速度が求められる。

エリィ自身も魔導師タイプであり、こうした狭い場所での戦闘には慣れていない。

（避けられない――）

エリィがそう思ったとき、レインがエリィの前に手を伸ばした。ばしゃりと飛沫《ひまつ》となってはじけ飛ぶが、攻撃力としてはそこまで高くはない。

だが、布地のローブはすぐに溶け始める。

「な、何やってるのよ⁉」

驚くエリィに対し、レインはちらりと腕の方を見る。

アラクネのときもそうだったが、溶解液の類ではレインの身体が溶かされることはない。

シトリアから聞かされたが、レインには非常に高い魔力による耐性が備わっているらしい。

身体から離れても動くスライムの一部はやや気色悪くはあるが、それでもダメージを受けないのはメリットだった。

（うん、問題なさそうだ）

「大丈夫、僕にはこういうの効かないから」

「そういう問題じゃ……！」

「話は後だ！」

ウィリアムの言葉でレインが再び動く。

レインの発動した魔法により、地面を冷気が走る。

スライムの動きが再び鈍くなった。

その時、周囲から別の魔物も出現した。それに反応するのは、ウィリアムとレインだ。

「エリィ！　またスライムへの攻撃を頼むよ！　その後、僕が動きを止める！」

「ああもう！　分かったわよ！」

やってくる魔物を迎撃しつつ、スライムへの攻撃は怠らない。

これを繰り返すと、やがてスライムの再生速度も鈍くなり、攻撃も弱くなってきた。

ウィリアムが再びスライムの胴体を切る。魔道具まで、剣先が届いた。

「もらった！」

ウィリアムはそれを器用にすくいあげるようにして魔道具を取り出す。

それと同時に、スライムの色が元に戻り、みるみる小さくなっていく。魔道具を吸収した状態が解除されたのだ。

「ウィリアム！　こっちだ！」

「ああ！」

レインの合図と同時に、ウィリアムがこちらへと戻ってくる。

すでにレインは準備をしていた。

そのまま後から追ってくる魔物やスライムの攻撃をすべて無にする――

「《フロスト・ゾーン》！」

地面も壁も、氷が支配していく。近づいてきた魔物や魔道具を持っていたスライムも含めて、すべての動きが停止した。

氷漬けの状態――本来は足止め程度の威力しかないはずの魔法だったが、これはこれで攻撃魔法のように扱えて便利だとレインは感じた。

「これで一先ずは撤退かな」

「ああ、鑑定してもらわないと分からないけど、あのスライムの状態を見ればおそらくはそれなりの効果があると思う」

レインはエリィの方へと近づいていく。

エリィは少し怒ったような表情をしていた。

(あれ、何か怒ってる？)

「だ、大丈夫？」

「……それはこっちの台詞《せりふ》よ」

「え？」

「腕、本当に何もないのね？」

そう言われて、レインは先ほどのことを思い出す。

スライムによって右腕の方の布地は溶けていた。

そういえば、先ほどまでもぞもぞとしていた感じが腕にあったが、今は――

「……あ」

よく見ると飛沫があちこちに飛んでいて、腹部の地肌などが見え隠れしていた。

レインはコホンと咳払いをしながらさっとローブで身体を隠す。

「大丈夫だよ？」

「なら、いいけど……」

男らしいような女らしいような――レインの態度を見ているとエリィはなんとももやもやとした気持ちだった。

それでも、助けてもらったことは事実だ。

迷宮からまた数時間かけて三人は地上へと戻ってきた。

戻りながらも何度かレインの不運は発生したが、さすがに面子《めんつ》が面子なので大きな出来事が起こることもなく町へと戻ってこられたのだ。早速、ウィリアムをクレアの元へと送っていくと、

「ウィリアムっ！」

「クレア！」

二人で名前を呼び合い、お互いに駆けだした。金色の鎧に身を包んだままでは抱き合うと痛いのではないかと思ったが、バキンという音と共に抱き合う瞬間に鎧がパージされた。

（そういう風に脱げるの⁉）

レインとエリィが心の中で同じ驚きの声をあげる。

なんとも突っ込みどころがある再会ではあったが、無事に依頼は達成した。

「ありがとう、レインさん。おかげでまた彼と会うことができたわ」

「いえ、そんなたいしたことは……」

実際そんなに凄いことはしていない。

何せ、ウィリアムは普通に元気だったのだから。

レインとエリィが合流しなければもっと長い間迷宮にいたかもしれないが。

「依頼料は後で支払うから、ほしい金額を言ってちょうだい？」

レインはそれを待っていたわけだが、この状況はとても言いにくい雰囲気があった。

後ろからエリィが見ている状態で、なおかつクレアとウィリアムはこれから結婚するという二人だ。

ここで高値を言えるほどレインの肝《きも》は据《す》わっていないし、そこまで非情でもない。

小さくため息をつくと、

「ローブ代だけ払ってもらえれば……」

それで妥協した。

それくらいはもらってもいいだろうとレインは考えたのだ。

探してもらったのに、とクレアは申し訳なさそうにし、迷宮でも手伝ってもらったとウィリアムも同様に依頼料を支払うと言っていたが、あくまで自力で帰ってくること前提での依頼だった。

ローブ代くらいが妥当《だとう》だろうと判断した。

二人と別れ、レインはエリィと共に帰路につく。

「普通に依頼料をもらうかと思ったのに」

「まあ、常識の範囲ってやつかな」

「後でもらっておけば良かったなんて言わないでよ」

そんなことをとっくに思っている、レインは心の中で答えた。やや落ち込むレインを見て、エリィはぷっと吹き出して、

「しょうがないわね。今度あたしがご飯くらい奢《おご》ってあげるわよ」

「いや、女の子に奢ってもらうほど困ってはいないよ」

「そう？　じゃあ奢ってくれるの？」

「いや、奢ってください……」

「ふふっ、いいわよ。奢ってあげる」

そんなやり取りをして、エリィとレインは別れた。

なんだかんだ、二人は打ち解ける形となった。

（結局、紅天のパーティに落ち着きそうだなぁ……）

安定した生活という意味では、収入源では困らないかもしれない。危険は伴うが、その分報酬は大きいパーティだ。

ただ、その収入の多くは飲み代や装備代に消えてしまっているようだが。

レインは家に戻ると、すぐに穴のあいたローブや服を脱ぎ捨ててベッドに横になった。

すっかり慣れてきてしまって、一人のときは裸のまま横になっても特に支障はない。

もちろん、他人に見られるわけにはいかないのは変わらない。

（何か大事なこと忘れてるんだよなぁ）

レインは目を瞑《つむ》って考える。

裸でいると少し肌寒いとか、早くシャワーを浴びて寝ようとか、そんなどうでもいいことばかり頭を過る中で、レインは最も重要なことを思い出した。

「戻る方法探すんだった！」

紅天に入ってすぐに色々あったために忘れていた。最も重要なことだというのに。

バレないことばかり考えていたが、それではいつまで経っても元には戻れない。

戻る方法が分かったわけではないが、レインにはまだ戻すことができる可能性のある人物を知っていた。

（シトリア……今度彼女に相談してみよう）

遠まわしに、そういう付与魔法の類を解除できるかどうか相談してみる。

レインは再び、自身の今の目的を確認したのだった。

＊＊＊

「はあ、なんだか結構疲れたわ……」

（けど、悪くなかったかも）

エリィは疲れを感じながらも、あまり経験のなかった迷宮でのことを思い出していた。

レインのことを思うと、なぜか少し顔が熱くなる。

エリィからしてみると、自分の身も気にせずに庇《かば》ってくれたというところがとても強く印象に残っていた。

（女みたいだとは思ったけど……少しはかっこいいところもあるわね――って、何考えてるのよ！）

頭を横に振って、軽く深呼吸をする。

こんな浮かれた気持ちではいけないと、いつも通りの表情で帰路につく。

エリィが家に戻ると、リースが少し驚いた顔をして出迎えた。

「どうした、エリィ」

「……？　何が」

「いや、随分ご機嫌だと思ってな」

エリィはそう指摘されると、はっとして顔を赤くする。

エリィは普段通りのつもりだったが、無意識のうちに、他の人から見てそう感じるような表情をしていたということだ。

そして、その状態で町中を歩いてきたという事実に、恥ずかしさがこみ上げる。

「な、なんでもないわよっ」

エリィはそんな風に否定するのだった。

＊＊＊

翌日、レインは紅天のメンバーが集まる家へとやってきていた。

中に入ると、相変わらず片づけられていないものばかり視界に入る。

（どうにかならないかな、これ）

もうすぐここで暮らすと考えると、少しは整理したい——そう思いながら、レインはシトリアの部屋へと向かう。

用があるのはシトリアだけだ。

わざわざ他のメンバーを呼び出す必要はない。

できればシトリアとだけ会話をしておきたい内容だったからちょうどいい。

部屋をノックすると、シトリアが出迎えてくれた。

「レインさん？　どうしたんですか、お一人で」

「いやぁ、その、シトリアにちょっと話があって来たんだけど」

「私に、ですか」

レインが頷くと、シトリアは部屋へと招き入れてくれた。家に入ったときに比べると、個人の部屋はそれぞれできちんと整理しているようだった。

シトリアの部屋は綺麗に整理されており、むしろもう少し何かあった方がいいのではと思うほどだった。

ただ、テーブルの上にはお酒が置いてある。

（そのへんは完備してるんだ……）

「それで、お話というのは？」

「あ、うん。シトリアって、聖属性の魔法が使えるじゃない？」

「ええ、そうですね。もしかして、呪いの類か何かを解呪してほしいとかですか？」

聖属性の魔法が使えるか確認をしただけでそこまで読むとはさすがだ。

ただ、レインの身体には呪いではなく強化魔法の類が付与されていると言える。

「近いんだけど……呪いじゃなくて、強化魔法とかの方も解除とかってできる？」

「ええ、まあ……一応そういう類のものを解除する魔法はありますよ？」

レインは心の中でガッツポーズをする。

聖属性の魔法の使い手であるシトリアならレインに付与された魔法を解除することができる可能性がある――つまり、女の子になってしまった状態異常のようなものでも解除できるのではないかと考えていた。そんなレインに対して、

「まさかとは思いますが、レインさんにそれをやれと言うわけじゃないですよね？」

シトリアが訝しげな表情でそう言った。

レインは一瞬かたまったが、こほんと咳払いをして続ける。

「そのまさかだよ」

「……意味があるとは思えませんが、どうしてそんなことを？」

「実を言うと――」

シトリアには言えないところは省いた。

男から女を省いて、装着した魔道具の効果で、今のように溶解液が効かないような身体になっている、と。

それはレインの実力ではないので、元に戻してほしいというような内容で。シトリアは一通り話を聞いた後、

「やはり意味があるとは思えませんが」

そう言い放った。

「えっと、だめ？」

「だめというか、別にその無効化でデメリットってないですよね？」

「いや、そうだけど。僕の実力ではないわけだし？」

「運も実力のうちと言いますから。レインさんには運はないと思っていましたが、そういう類の魔道具を手に入れたのならそれは幸運として受け入れるべきです」

レインはそこまで言われると、黙ってしまった。

そもそも、強化魔法を解除してほしいなんてどうやったらお願いできるのだろう、とレインは思っていた。

考えた結論が、自身の実力で強くなりたい的な感じの言い訳だったのだが、それを解除することは純粋にレインの弱体化を意味する。

シトリアからしても、パーティに入ったばかりのレインがいきなり弱体化することは良しとはしないだろう。

それでもレインが元に戻る可能性があるなら、となんとか考えを巡らせるが――

「いや、そのね。運も実力のうちっていうのは、分かるんだけど……僕にも、男としての意地みたいなのがね？」

「あるんですか？」

「……うん」

なんとも気弱な返事だった。

シトリアの言うことの方が正しいとレインも感じてしまっていた。

この強化がある限りレインはアラクネクラスの溶解液も通じない。正直、メリットと感じる部分の方が大きくなっているのは事実だ。

あくまで女から男に戻れるかもしれないという可能性だけで解除しようというのは正直、間違っているのかもしれない。

（けれど、それでも……）

戻れるなら戻りたい——レインの目的はそれだった。

「……分かりました」

「え？」

「そこまでこだわりがあると言うのなら、解除を試みてもいいですよ」

「ほ、ほんとに？」

「一応、言っておきますが、確実に解除できるわけではないですよ？」

「あ、ああ！　全然構わないよ！」

レインの悩んだ姿を見てか、シトリアはため息をつきながらも了承してくれた。

これでレインにも元に戻れる可能性が——そう思った時、「ただし」とシトリアが条件をつける。

「これから私と一緒にある場所に行ってほしいんです」

「……ある場所？」

「はい。それが終わってからでも良いでしょうか？」

「もちろんっ」

シトリアの言葉にレインは頷く。

レインはシトリアに同行してある場所へと向かうことになった。

その名は《毒の湿地》――ボロス。魔物ですらほとんど近寄らないとされるこの場所は独自の生態系を持つ。

ここにも迷宮は存在しているが、さすがにレインでも入ったことはない。

こうしてやってくれる人間はおそらくシトリアのように耐毒に優れた魔法を持つ者だけだろう。

それでも、リスクを冒してでもここにやってくる冒険者は少ない。

ある意味未開拓の土地に近い状態であるここは、今のレインならば特に問題なく進むことができる場所ではあった。

それでも、いざやってきてみるとあまり気乗りしない。

湿地というだけあって地面はぬかるみのようになっている場所が多く、毒素を含んだ液体が底からあふれ出している。

この湿地が広がっているという話はないのが救いだろうか。

(こんなところになんの用があるんだろう)

シトリアについていく形でレインと二人――ボロスの湿地を歩いていた。

シトリアは慣れているのか、道という道はなさそうだが、どこかを目指してまっすぐ進んでいる。

あまり魔物がいないといっても、完全にいないわけではない。

ここに適応した魔物というのは少なからず存在している。

たとえばスライムなど元々身体が液体で構成された魔物は特に問題なくここで生活している。

《ポイズンスライム》と呼ばれるタイプのものだ。

それらの敵はレインが氷の魔法を使用して倒す。

ジュウッという音を立てながら、氷の魔法も外側から溶かし始める毒などを見ると、いくら毒が効かないといってもここに長居したいとは思わない。

「大丈夫ですか？」

そんなレインの心の中を察したかのように、シトリアが声をかけてきた。

「あ、うん……」

「私が誘っておいてなんですが、気分が悪くなったら言ってくださいね？」

「大丈夫だよ。それに、これは僕のためでもあるから」

このシトリアからの頼みが終われば、シトリアの強化解除の魔法によって元に戻れる可能性もある。

もちろん、こうした毒が効かない能力が惜しくないわけではないが。

レインには一つ、気になることもあった。

「そういえば、リースやセンは来ないんだ？」

「そうですね。あの二人ならこの湿地でも生きていられそうですけど……まあそれは冗談としても、常に二人には結界を張る必要が出るので少し負担が大きいんです」

いくらセンとシトリアが強いといっても、普通の人間が活動するには難しい場所だ。

シトリアの結界というのも、ここを通るのに張り続けているのは可能だろうが、万が一にでも続けられなくなった場合はパーティの全滅もあり得る。

そんな危険を冒してまでは頼めないということなのだろうが、シトリア自身は元々一人でもやってきていたのだった。

「もう少ししたら目的の場所に着きます」

「その、目的っていうのは？」

レインはここで、ようやくシトリアの目的を尋ねる。

自分の目的のためだけにやってきていたが、さすがにシトリアがこんなところまでやってくるのにどういう用事があるのかは気になった。

「《ヘシス草》というここにしか生えない毒草があるんです」

「毒、草？」

それを聞いて、レインは怪訝そうな顔でシトリアを見る。

シトリアはそれに気付くと苦笑いしながら、

「ああ、変なことに使うわけではないですよ？　本来は毒草ですが、きちんと処理すれば薬になるんです」

「そうなんだ……」

「ギルドに定期的に依頼で出されているんですが、受ける人もそんなにいないですから」

そう言いながら、特に問題もなく目的の場所に着く。

今回は二人で来られたから、いつもより多めにヘシス草を回収できそうだとシトリアは喜んでいた。

「ここで集めればいいの？」

「はい、大体この付近に生えているはずなので――」

そうして二人で集めようとしたときだった。

地面の底から盛り上がるように出てきたのは、ボロボロと崩れかけた身体を持つ巨体――

「なっ、アンデッドドラゴン……!?」

レインが驚きに目を見開く。

死んでもなお魂だけがそこに残り続ける存在――アンデッド。魔物も人も、素質のある者であれば死者となった後も活動を続けることがある。

もちろん、本人にはほとんど意識はない状態だが。

このドラゴンもこの湿地で生きていくことができなかったのだろう。

だが、溶け始めた肉体だけでもその活動が終わることはなかった。

レインの反応は、今回は早かった。死者とはいえ元々がドラゴンならばAランク相当の魔物と考えていいだろう。センやリースのような前衛もいない状況ならば、逃げる方が無難だと。

だが、シトリアは逃げようとしなかった。

「シトリア!?　早くこっちに！」

アンデッドドラゴンの行動は遅い。

だが、こちらを狙って動こうとするアンデッドドラゴンの巨体が、ここらに生えているヘシス草を押しつぶそうとしていた。

シトリアにはそれが見逃せなかった。

「申し訳ありませんが、私はここで退けません」

「どうして!?」

シトリアは武器を構えて、アンデッドドラゴンと対峙《たいじ》する。

「私が冒険者になった元々の理由は、そうしないと救えない人々がいるからなんですよ」

笑顔でそう答えるシトリアだが、アンデッドドラゴンとまともに戦闘できるのかどうか分からない。

ましてやシトリアは魔力を切らせば、自身に張っている結界も保てなくなるだろう。

「……っ！」

そこまで考えたときに、レインはすぐに動いた。

進もうとするアンデッドドラゴンの身体の部分——接触部位だけを狙って氷結魔法を走らせる。

それでもいくつか、地面に生えたヘシス草を凍らせてしまう。

(もっと加減が必要か……っ)

「レインさん、これは私の問題ですから……」

手伝わなくてもいいとシトリアは言いたいのだろうが、目の前の状況を見て放っておけるほどレインも薄情ではない。

レインが足止めをしている隙に、シトリアが聖属性の魔法を発動させる。

死者であるアンデッドには魔法での攻撃もそこまで有効打にはならない。

氷の魔法を使うレインなら完全に凍らせれば無力化できるだろうが、それをすればここら一帯も氷漬けにしてしまう可能性がある。

魂の浄化——対アンデッドには聖属性の魔法は非常に有効とされる。

そうした類の相手には無類の強さを誇るのだ。

「今、解放して差し上げます」

ただし、詠唱には時間がかかる。

その間、レインが極力周辺を凍らせないようにアンデッドドラゴンの足を止める。

しかし、止めようにも、実際には完全に止めることはできない。

パキリッと氷を砕きながら、構わずにアンデッドドラゴンは前に進もうとする。

「浄化の力よ、彷徨《さまよ》える魂を照らせ——」

光がアンデッドドラゴンを包み込む。

どろりと身体が溶け始めるのが見えるが、まるで苦痛を感じていないように動きを止めない。

サイズが大きすぎるから、時間がかかるのだ。

目の前までやってきても、シトリアはそこから動かない。

振り下ろされる巨腕《きょわん》を、レインが氷の魔法で防いだ。押しつぶされそうになりながらも、氷の壁で無理やり押し出す。

「悪いが、僕の方が強いね！」

初めてレインが認識する。自身はAランクの魔物よりも圧倒的に強い。

それを自信に繋げていいものか悩んでいたが、こうして魔物と戦っている間に必要なのはそういう考えだった。

センやリースにあってレインにないものだった。

ドンッと一気にアンデッドドラゴンの巨体を吹き飛ばした。

やがて、崩れていく身体を支えきれずに、アンデッドドラゴンは消滅していく。

「勝った……」

問題なく勝てた――レインはその事実に驚いていた。

「さすがです。レインさん」

「あ、いや……普通に勝てるとは思わなかったけど……」

「……？　そんなことないですよ。レインさんなら加減せずに戦えば、問題なく勝てる相手だと思いますが」

「そう、なんだよね」

ただ、シトリアの解除魔法を使えばその力を失うことになるかもしれない。

レインは一瞬だけ、迷ってしまった。

この力があった方が、むしろ今後生きていくうえでは必要なのではないか、と。

（男に戻る必要なんてない――そんなこと、なんで僕が考えるんだ……）

首を横に振って、その思いを振り払う。

そんなレインの思いをシトリアは知ることもなく、二人はヘシス草を回収して戻ることにした。

依頼を達成して、二人はレインの家まで戻る。帰路は特に問題も起こらなかった。

家ではもう荷物もほとんどまとまっていて、明日か明後日には紅天の拠点へと引っ越すというところまで来ていた。

そんな中、レインはシトリアの頼みを達成し、シトリアもまたレインの頼みを聞くことになっていた。

レインにかかっている強化の魔法の類――それを解除すること。

確証はなかったが、それがなくなればレインへの呪いにも似た効果がなくなるとレインは考えていた。

知らないうちに得ていた魔法の強化も失ってしまう可能性はあったが、レインはそれでも元に戻ることを選ぶことにした。

「それでは始めますよ」

「……うん」

レインは深呼吸をし、そのときに備える。

そんなレインを見て、シトリアは少し苦笑いをしながら、

「そんなに畏《かしこ》まられると、こちらが緊張してしまうのですが……」

「あ、ごめんっ」

それほどまでに大事なことなのか――シトリアは少し疑問に思っていた。

せっかくの魔道具の効果を失うことは、あまりお勧めのできることではなかった。

それでもレインは依頼を手伝ってくれたので、シトリアもそれには応じる。

(本当は……その力で今後も手伝ってほしかったんですけど)

共に毒の湿地に行ける人間は少ない。

レインならば、それほど気にせず一緒に行けるとシトリアは感じていた。

ほとんど依頼を受ける人間のいないヘシス草――それは、高価な値段で取引される。

ただ、シトリアは一部を寄付するためでも集めていた。

シトリアが調合したものを、せめて病気が快方に向かうまでは使えるように、と。

それはきっと平等なことではないけれど、シトリアにとって何もせずに病気で苦しむ子供たちがいることが見過ごせなかった。

だから、こうして冒険者になったのだから。

(今は忘れましょう。レインさんの願いを叶えないと)

「では、始めます」

改めて、シトリアが魔法を発動した。

強化魔法の解除——聖属性の魔法には相手を妨害するタイプの魔法も存在している。

本来は魔法を使える魔物に対して、これらの解除系の魔法を使用するのが普通なのだが、当然人間にも有効ではある。

ただ、シトリアが危惧しているのは、もしかするとレインにはそういう類の魔法ですら無効化する能力があるのではないか、ということだ。

毒ではなく、あらゆる魔法に対する耐性——本人があれだけの氷の魔法を使用しても、特別仕様であった衣服だけが氷漬けになっていたことを考えるとあり得ない話ではない。

どうして力を隠していたのか——シトリアにも憶測でしかないが、あれだけ大きな力を持っていれば寄ってくる相手も多いと考えたのだろうか。

面倒事《めんどうごと》に巻き込まれたくないなら、力を隠すのが一番であると。

そのシトリアの推測は実際間違っているわけではなく、レインは面倒事には巻き込まれたくないというタイプの人間だ。

だが、隠している理由はどちらかといえばなんとか目立ちたくはないというところにあったが、それをシトリアが知るよしもない。

そのときは一瞬で——シトリアが小さくため息をつく。

「終わりました」

「え、終わり？」

レインが身体の方を確かめる。

特に何があった、というわけではない。

胸の部分などを触ってみるが、身体に変化があった様子はない。

シトリアの方を不安げに見ると、

「一応、解除は成功しているようですが……」

「え、ええ!?」

レインは驚きの声をあげる。

シトリアの言葉を信じるなら、力だけは解除されて女の子の状態はそのままだということになる。

そんな最悪な事態があり得るのか、と。

（う、嘘だ……そんなことって……）

青ざめるレインを見て、シトリアは心配そうに声をかけようとする。

「レインさん、大丈——」

そのときだった。レインの手首の方から、黒い紋様が再び浮かび上がった。

「……！　それは……？」

シトリアが怪訝そうな顔で見るが、レインは逆にそれが希望に見えた。

再び身体を流れる熱い感覚がある。

以前魔道具を装備したときと同じ感覚だ。

（もしかして……これで元に戻れる……!?）

レインは焦ることはなく、今度は解呪の準備もしない。

時間が経つにつれて、息が少し荒くなり、顔が火照っていく。

当然、そんな状況のレインをシトリアが放っておけるわけもない。

「レインさん、すぐにベッドに横になってください」

「ありが、とう。けど、大丈夫、だから」

たどたどしい話し方をするレインに、より心配そうにするシトリア。

レインはなんとか、シトリアに分かってもらおうと説明した。

「これ、前にもあったんだよ。魔道具の、効果で……」

「魔道具の？　その強化効果を得たときにですか？」

シトリアの言葉に、レインが頷く。

「しかし、これを見る限りでは再び効果が発動しようとしているようですね……それに――」

シトリアがおもむろにレインの手を取り、手首に巻いた包帯を解く。

そこには、手首の模様から徐々に全身に広がる模様の元凶が目に映った。

「これはレインさん自身が魔道具になっている状態じゃないですか。魔力の流れも不安定ですし

「……とても見過ごせる状態ではありません」

シトリアはレインの身体を支えながら、ベッドへと寝かせた。

そうして、そのままレインの服に手をかけようとする。

レインは焦って、シトリアの手を掴んだ。

「な、何するの？」

「何って……模様の広がり方を見るんです。服を脱がないと分かりませんよ」

それを聞いて、レインは身体を起こして抵抗しようとする。

今はまだ見られるのはまずい――もしかしたら元に戻れる前兆なのかもしれないのだから。

「ま、待って！　本当に大丈夫、だからっ」

「そう言われても……」

シトリアの手を握るレインの力はとても弱い。

シトリアが心配するのも無理はなかったが、レインはなんとしてでも見られたくなかった。そんな様子を見て、

「分かりました。ただ、状態は確認させてもらいます」

「状態……？」

「レインさんの精神状態も含めて、魔法で鑑定させてもらいます」

聖属性の魔法ではないが、そういう類の魔法が存在する。

あくまで精神的に異常な状態にないか、というのを見る魔法らしいが、レイン自身は落ち着いているつもりだった。

「分かった……」

レインは小さく頷いて、それに応じる。特に問題はないはず——レインはそういう確信があった。

今にも意識が飛びそうだったが、レインはなんとか耐えている。

いや、以前よりはマシな状態であるというべきか。

シトリアがレインのお腹《なか》に手を当てて魔法を発動する。少しだけくすぐったい感覚が、お腹から広がっていく。

「……これは」

シトリアが少し驚いた表情でレインを見た。

思わず、レインもシトリアの方を見る。

「何か、おかしなこと、でも？」

レインの問いにシトリアは少し悩んで答えた。

「興奮状態にありますね、しかも性的な意味で」

「え、えええええ⁉」

飛びかけていた意識も戻ってくるほどの驚きだった。

レインは慌てて身体を起こして、シトリアの言葉を否定する。

「し、してないよっ、興奮なんて⁉」

ましてや性的な、などと言われては黙っていられない。

ただ、そう言われてもおかしくはない状態ではあった。

上気したように赤い顔は涙目になっていて、息遣いは荒い。シトリアの腕を掴む力もどこか弱々しく震えていて――

「大丈夫です。私はそんなこと気にしませんから」

笑顔で答えるシトリアに、より一層慌てたのはレインの方だった。

このままだと、魔道具の効果で苦しんでいることを、まるで喜んでいるかのように感じている変態にしか見られない。

「違うんだってっ！　本当に！　どちらかといえば体調が悪くて……っ」

「ですから、体調が悪いなら横になった方がいいと思います」

いくら否定しようと、魔法で鑑定をしたという事実は覆らない。

つまり、レインは興奮状態にはあるということだ。

それが本当に性的な意味であるかはどうかは別としても。

ただ、思い当たる節《ふし》はある。

魔道具の願いを叶える効果によってレインは女の子になっている。

いわゆる性別が変わるという状態が、魔法でそう判断させているのかもしれない。

そんなことを冷静に分析しよう――などとはレインも思えずに、なんとかシトリアに分かってもらおうと言葉を続ける。

「あの、ほんとに違うんだよ？」

「はい、分かっていますから、落ち着いてください」

落ち着けるわけもない。

シトリアの「分かっている」というのはきっと、レインの説明を受けて言っているわけではない。

そんなことは気にしないから大丈夫、という意味だろう。

つまり、レインがどんな理由で興奮しようが引いたりしないから大丈夫ということだ。

シトリアはまた落ち着くようにとレインの肩を掴んで寝かしつけようとする。

レインは身体に力が入らず、結局そのまま横になってしまうことになる。

「魔道具によってはそういう効果が出ることも別に不思議なことではありませんから」

シトリアの言うことも間違っていない。

本当の意味で、そういう副作用が出てしまっていることはおかしくないと言っている。

ただ、今のレインにはそれが慰《なぐさ》めにしか聞こえない。

レインからしてみれば、本当に体調が悪い感覚があるだけなのだ。

レインは必死に説明をしようとするが、シトリアもなんとかレインの体調を戻そうとしていた。

「僕は興奮なんてしていないし、時間を置いたらきっと治る！　だから大丈夫だってっ」

「……分かりました。レインさんは興奮しているわけではないと」

「も、もちろんっ」

「それは私の方も理解しました」

「ほ、ほんと？」

シトリアが頷くと、レインも少し落ち着いた。

ただ、これはあくまでシトリアがそう認めないとレインが落ち着かないと思ったからだ。

シトリアは「はい」と笑顔で頷いた後に、

「ところで、レインさんは女性の胸は好きですか？」

「全然分かってないよね⁉」

シトリアの言葉にレインが突っ込む。

明らかに質問の内容がおかしい。

だが、シトリアは首を横に振って真剣な表情でたずねる。

「レインさん、私は真面目に聞いているんです」

「僕も真面目だよっ！　本当にっ！　問題ないからっ！」

レインはそう言って今度は身体を起こすだけではなく、立ち上がろうとした。

シトリアがそれを制止する。

「ダメですよ、レインさん！　そんなに弱っているのに動こうとしないでください」

「だ、大丈夫だから――あっ」

やはり身体には力が入らず、バランスを崩してシトリアに支えられる形になる。

ちょうど胸の位置に手が当たるような形となり、

（あれ、ちょっと落ち着く――って、そんなこと考えている場合じゃない！）

レインはすぐにシトリアから離れた。

胸の感触が少し手に残っている。

なぜか、それで落ち着きを取り戻したことが非常に不本意だった。

（こ、これじゃ本当に興奮してたみたいじゃないか……）

ちらりとシトリアの方を見ると、優しく微笑んで返してくれる。

そして、シトリアはふと自身の服に手をかけた。

なんと、その場で脱ごうとし始めたのだ。

「な、何してるの⁉」

「いかがわしいことではありませんよ？　あくまでレインさんの状態を落ち着かせるための処置ですから」

シトリアはこういった類の状態の相手を落ち着かせる方法として、実践しようとしているだけだった。

いわゆる治療行為の一環であり、シトリアからすればパーティメンバーを助けるために善意でやろうとしていることだった。

レインからすると、それは明らかにおかしな行為にしか感じられなかったが。

「だ、ダメだよ！　そんな人前で！　それに服を脱ぐのがなんで僕のためになるんだ⁉」

「レインさんだって裸になったり、自分から裸になろうとしたりじゃないですか」

「裸になろうとした⁉　そんなことあったたっけ⁉」

前者はアラクネ戦のことだ。

それはレインも覚えているが、後者は酒を飲んだ後でレインは知らない。

シトリアは後からリースやセンからすべて聞いていた。

「とにかく、まずは落ち着かせることです。私に任せてください」

はらりと服を脱ぐシトリアに、レインは目をそらす。

そんなレインに対して、シトリアは優しく手を取ると、そっと胸の部分まで手を寄せた。

シトリアの手は少し冷たかったが、胸の部分は温かい——そんな気がした。

「落ち着きますか？」

「……うん」

レインは正直に頷く。心臓の部分に近い場所は魔力の流れを感じやすい。

それで、レインの中にあった乱れた魔力の流れは徐々にシトリアのものと同調し、抑えられていく――それと同時にレインの興奮状態を抑えることが目的だった。

ただ、レインからするとただ胸を触ってだんだんと落ち着いてきたようにしか感じない。

（なんで……ほんとに興奮してたってこと？　でも、落ち着いてきたのに何も変化がない……？）

また、レインの気持ちに焦りが生じる。

このまま落ち着いていったら、性別も元に戻らないまま終わってしまうのではないか――それがレインの精神状態に影響を大きく与えた。

落ち着き始めていた魔力の流れが、再び加速する。

「……っ」

今度は一瞬で、レインの意識が朦朧《もうろう》としてしまうほどだった。

「レインさん……!?　大丈夫ですか！」

シトリアはレインを再びベッドに横にする。

もうレインも満足に受け答えはできない。

「レインさん、失礼します」

薄れゆく意識の中で、シトリアがそんな言葉を発するのをレインは聞いていた。

＊＊＊

「う、ん……？」
目が覚めると、そこは自分の家のベッドの上だった。
気絶する前と何も変わっていない。
ただ、体調は大分良くなっていることがすぐに分かった。
レインはすぐに自身の身体を確認しようとして、
「あ、え？」
さらしもない状態で、シャツ一枚と下着を一枚穿《は》いているだけの状態だった。
それに、胸の状態と下の方の感覚で分かる。元に戻ってはいない——女の子のままだ。
（でも、どうしてこんなにはだけて……）
気絶する前はしっかりと服は着ていたはずなのに——
「お目覚めになりましたか」
すぐ近くでシトリアが椅子に座っているのが目に入った。
立ち上がって近づいてくるのを見て、レインは慌てて隠そうとするが、
（あれ、でも、これって……）
気絶する前のことを思い出す。
——レインさん、失礼します。
そうシトリアは言って、レインの服に触れたのを思い出したのだった。

「汗も凄い量でしたので、身体も拭かせていただきました。まずは水を」

「ありが、とう……ということは？」

「はい、見ました」

それだけで、レインが察するには十分だった。

完全に見られた――もしも戻ったとき、リースとギルドの受付であるリリには女性であると思われている程度でまだ済ますつもりだった。

けれど、今回ばかりは言い訳もしようがない。

レインは女であるという事実――それを見られてしまったということになる。

（そもそも、隠し通すのが無理だった、かな……）

まともに見れば、リースのように男かどうかを疑う人間もいた。

フードだけで隠していても限界がある。

以前は中性的ではあったけれど、体格も男ではあったのだから。

だが、今は完全に女の子の状態だ。

一応、大事なところを隠して言い張れば、まだ問題ないとは思っていた。見られてしまってはどうしようもない。

「隠していたことには事情がおありなのでしょうが、まずは状態の報告から。結論から言うと、レインさんは以前の状態――つまり、解除魔法をかける前に戻っています」

シトリアの言葉を理解するのに少し時間がかかった。

元に戻れなかっただけでなく、もう取り返しのつかないことになってしまったということがレインの中で大きい。

ただ、シトリアは心配してレインのことを見てくれたのだ。

実際に心配するなと言っても、レインの状態を見れば放っておけるはずもない。

それはレインにも分かることだった。

だから、シトリアに対してどうこう言うつもりもない。

むしろ、隠し通せなかった自身が悪いだけだ。

「ありがとう、シトリア。大分良くなったよ」

「本当に大丈夫ですか？　まだ顔色が悪いようですが……」

「……うん」

それは別の意味で悪くなっているだけだが、レインは努めて冷静に答えた。

気がつくと、外は少し暗くなり始めている。

かなり長い時間、レインのことを看病してくれていたことになる。

レインが身体を起こすと、シトリアがそれを支えようとする。

「大丈夫だよ、ありがとう。もう暗いし、悪いから今日は帰った方がいいよ」

「はい――と言いたいところですが、まだ体調の悪い人を放っておけません。レインさんが差し支えなければ、このまま今日はここに泊まらせてもらってもいいでしょうか？」

レインは少し悩んだ。本当は――ばれてしまったという事実の整理をするために一人になりたかった。

けれど、もうシトリアには隠してもしょうがないことだ。

シトリアもレインのことが心配でそう言ってくれている以上、それを帰すというのも良くない。

レインは小さく頷いた。

「うん、ありがとう。ちょっとシャワー浴びてくるね」

「はい、何かあったらすぐに呼んでくださいね」

レインはそのままシャワーを浴びるために浴室へと向かう。

下着もシャツも脱いで裸になると、確かに何も変わっていなかった。

手の紋様も含めて、元のままだ。

結局、今回レインが得たものは何もなかった。

「……はあ」

そのまま、シャワーを浴びながら座り込む。

温かい水が身体を流してくれると、冷静にもなれた。

だが、冷静になったところで事実を覆すことはできない。

むしろ、すべてをなかったことにする魔道具とかそんなものでもないか、と非現実なことすら頭を過るくらいだった。

それでも、レインは涙目にはなっても泣くことはしなかった。

ここで泣いてしまえばもう、すべてを諦めてしまうことになる気がしたからだ。

（まだ三人だ……大丈夫、大丈夫だ）

自身を落ち着かせるように冷静に頭の中で繰り返す。元に戻れば、すべてが解決する。

レインはそう考えるようにしていた。

けれど、最近になって思うことが一つある。戻る必要はあるのか、と。

男から女になってしまった。それで発生する不都合があるのか、と。

（あるだろう……色々と）

そう考えても、最近はこの身体に慣れてしまってきている。

とはいえ、恋愛対象が男になることはまずないことくらいだろう。

そもそも、この状態で恋愛など考える暇もないが。

レインはしばらく俯いてシャワーを浴びていたが、やがてゆっくりと浴室から出る。

体調は正直、悪くはない。精神面では大分やられてしまったが、まだまだ諦めないとレインは固く決意した。

シトリアがまだ心配そうにレインを見ていた。

レインは笑顔でシトリアに話しかける。

「ごめん、心配かけて。本当にもう大丈夫だから」

「いえ、謝る必要なんてありませんよ。困ったときはお互い様ですから。むしろ、謝るのは私の方です」

「……え？」

「レインさんはその、女性的に扱われるのが嫌なんですよね？　それなのに、この前は少し度が過ぎたかもしれません」

この前のというのは、センとシトリアが買ってきた服のことだろう。

あれで町の中を歩くことになったのは、確かに大分疲れることだったが。

「ううん、そんなことないよ。別に嫌とかじゃないから」

「そう、ですか？」

「うん」

シトリアのことを気遣ってそう答えるレイン。

つまりこれは、別に女性的な格好をするのは嫌ではないと言っているようなものなのだが、それにはレインは気付いていない。

シトリアはそれから、レインに対してまた頭を下げた。

「改めて、ありがとうございました」

「いや、あれは僕が願いを聞いてもらうためだったから」

「いえ、それでも助かりました。いつもより多く持ってこられたので。本当に、ありがとうございます」

シトリアの笑顔を見て、レインはふと思った。

(なんだ――得るもの、あったじゃないか)

今回レインは何も得るものがなかったと思った。

けれど、それは違う。

元々は、レインが元に戻るためだけに受けた依頼だったが、シトリアの様子を見れば分かる。

それが本当に、シトリアにとって必要なことだったのだと。

今日はそれだけできただけでも良かったとしよう――レインはそう考えることにした。

夜になって、シトリアがレインの家に泊まることになっていた。

それについてはレインも了承したし、実際体調が悪くなったときにはありがたいことだった。

二人は軽い夕食を家で済ませて、いざ床につくというところだった。

「それでは、おやすみなさい」

「お、おやすみ……」

そうして、二人は眠りにつく。

——そんな自然な形で、レインが眠りにつけるはずもなかった。

（ど、どうしてこうなった……？）

レインが疑問に思うのも無理はない。

ベッドは一人分しかない。

レインは体調が悪いとはいえ、客人であり女性であるシトリアをソファで寝させるわけにはいかないとも思ったが、それをシトリアが許すはずもない。

——それでは、一緒に寝ることにしましょうか。

シトリアが言ったのは、そんな言葉だった。

シトリア曰《いわ》く、体調を管理し調整するのに一緒に寝ることは非常に有効な手段だという。

レイン自身は大丈夫だと考えているが、実際先ほど起こったことを考えれば安心できる状態ではないとシトリアは思っていた。

レインも始めは大丈夫という言葉で押し切ろうとしていたが、シトリアが自分を心配してくれる気持ちに押し負ける形になった。

シトリアも、女性同士なら問題ないと思っているのだろう。

ただ、レインの方は少し違う。

身体は女になっているが、元々は男なのだから。

女性と一緒に寝たことは、実を言うとないわけではない。

恋愛で、ということではなく――修行自体の師匠が女性だったから、師匠がレインをからかうつもりで寝室に入ってくることはあった。

こうしてただ眠るということは初めての経験だった。

少し心臓が高鳴っているのが分かる。

（落ち着け、ただ寝ているだけじゃないか……）

レインはそう自身に言い聞かせる。

レインはシトリアの方を向かないように身体を横にして寝る形を取った。

そんなレインを、シトリアは抱くように手を回してくる。

（……っ！　お、起きてるのかな）

それを確認することはできない。

反対側を向いてしまったのが仇《あだ》となった。

寝ていれば自然な形で寝返りをうてるのかもしれないが、今のレインにそんなことはできない。

静かにシトリアの寝息を聞こうとすると、微《かす》かに耳に届いてくる。

ただ、それを聞こうとすると、心臓の音もまた強くなるのを感じた。

（なんでこんな……ただ一緒に寝ているだけじゃないか）

言い聞かせたところで、身体が言うことを聞いてくれるわけではない。

　レインが自然に眠れるときが来るのだろうか——そう心配していると、

「眠れませんか？」

　ふと、耳元でシトリアの声がした。

　レインは慌てて返事をする。

「お、起きてたの？」

「いえ、先ほども申し上げた通り、レインさんの状態を確認しているので」

　シトリアが少しだけ身体を起こして、レインのちょうど胸のあたりを触る。

「少し、心臓の鼓動が速くなっていますね。また状態の確認をさせてもらっても？」

「……え⁉」

　シトリアの言う状態確認というのに、レインは先ほどの出来事を思い出していた。

　性的に興奮している——そんなことを言われたのだった。

（そんなはずはない、そんなはずは……）

　そう思うのは簡単だが、現実はそうはいかない。

　先ほどは心当たりもないので全力で否定していたが、今は心当たりがないわけではない。

　むしろ、あると言ってもいい。

「いや、その、ちょっと落ち着かないだけだから……」

「大丈夫ですか？　体調が悪いというわけでは——」

「大丈夫！　うん、ゆっくりしていればおさまると思うっ」

　レインはなんとかそう言ってシトリアを納得させた。

この状況で魔道具のせいにするのは、少々難しいことだ。魔法で状態を見られるのはまずい。

（なんとかして落ち着かなければ……っ）

レインは決意して、小さく深呼吸をした。何も考えずにただ目を瞑って、眠るだけでいい。

いつもやっていることだ、簡単だ――むにゅ。

そんな音が聞こえそうなものが背中に当たるのを感じ、無にしようとした心はすぐに戻ってくる。

（な、なんか当たってる……）

『なんか』の正体については、おおよそ検討はついている。

ただ、それを具体的に想像するわけにはいかない。

レインは再び心を無にする努力をする。

けれど、人間にはできることとできないことがある。

ちなみに今は心を無にすることはできないことだった。

（ど、どうすれば……）

レインには二つの選択肢があった。

一つはこのまま諦めて眠れないまま夜を過ごすこと。これは仕方ないことだ。

ただ、シトリアが定期的に目を覚ますことになってしまう。

いつまた鑑定を持ちかけられるか分からない――そんな状態で夜を過ごすことだ。

もう一つの方法、それはあまりにもレインには受け入れがたいことであり、成功するかどうかも分からないことだ。

今だけ、今この夜だけ自身を完全に女だと思うこと。

そうして客観的な視点から女同士が一緒のベッドで寝ているだけ、と考えることだ。

後者はもはや冷静な考えでもなんでもない。

上手くいけば回避できるかもしれないという淡い期待があるだけだった。

（でも、心が無にできないなら……）

心を変える――そんな魔法があれば今すぐほしい。

そんなことを考えながら、レインはできるかも分からないことを実行することにした。

（僕は女――そう、僕は女だ）

女だと思うことで回避できるわけはなかったが、このあほらしいことを考えることでだんだんと冷静にはなれてきた。思わぬ効果が、そこにあった。

（え、まさかいけるの？）

レイン自身も驚いてしまう。

そうして、女だと思い込んだ後に、レインとシトリアが女同士で一緒に寝ているだけだと想像する。一緒に寝ているだけだと――

（……あれっ？）

今度は逆に心臓の鼓動が速くなった。

レインは慌てふためく。

（どうしてだ……!?）

あほらしいことを考えるまでは良かったが、寝ているのは自分自身で、シトリアと一緒に寝ているという事実は単純に緊張させられてしまうことだった。

（もう一回始めから——）

「レインさん、やはり、一度状態を見た方が……」

「大丈夫っ！　大丈夫だからぁ！」

結局、そんなことを繰り返しているうちに考え疲れて寝てしまうという結末を迎えるレインであった。

その最中、シトリアはレインに黙って一度魔法を使用している。

結果は言うまでもなく、シトリアは心の中で一人思った。

＊＊＊

時間が経って、ようやくレインの方から寝息が聞こえてきた。

落ち着いてきたらしい——シトリアはゆっくりと身体を起こし、『彼女』の方を確認する。

（どういう事情があるか分かりませんが……）

見た目は女の子。だが、レインは自らのことを『男』と名乗っていた。

（隠さなければならない事情がある、ということでしょうが）

もちろん、シトリアはレインが女の子であった、という話を言いふらすつもりなどない。

人には言えない事情というものがあるだろう。

特に、彼女はまだこのパーティに入ったばかり——なんでも話せるような間柄にはない。

（ですが……）

シトリアは眠るレインの髪に触れる。――彼女は強い。

やや臆病な面はあるが、アンデッドドラゴンを打ち倒すだけの力を見せてくれた。

シトリアから見て、レインは十分に信頼に足る人間であると言える。

すでに、レインは立派なパーティの仲間だ。

だからこそ、彼女が困っているのならば手助けしてあげたい、という気持ちがシトリアにはある。

「私は未熟者ですね」

シトリアはそう、小さな声で呟いた。かつて聖職者であった彼女は――今、冒険者という仕事をしている。

別に、仕事を替えるのは珍しい話ではない。

シトリアが冒険者になった理由は、冒険者になれる実力があったからだ。

そして、聖職者としてではなく、冒険者として仕事をした方が――多くの人の役に立てる可能性を知った。

同じく聖職者であった者から、シトリアのことを『金のため』に冒険者の道を選んだと蔑《さげす》みの目で見られることもある。

だが、それで構わない――今のパーティは強く、レインが入ったことでさらに強化されたことは間違いない。

「もしも、私のことを本当に信頼できるようになったのなら、あなたの不安を打ち明けてくださいね」

そう、レインに対して優しく微笑みかけて言った。

# ◆第四章　最強剣士と釣りに行こう

シトリアの一件の後、レインは結局振り出しに戻ることになった。女の子の身体のまま、魔法だけは異常に強くなった状態だ。

そのうえ、シトリアには完全に女の子であることがばれてしまった。

しかし、それはもう仕方のないことだと割り切る。

まだ、三人だというポジティブ思考でいなければやっていられないレインであった。

レインの引っ越しの日がもうすぐ傍《そば》までやってきている。

今日は、レインの住む予定である部屋の方を整理するためにやってきていたのだが。

「あれ、センだけ？」

「そうなのよ」

リースはギルドからの仕事の依頼の調整。

シトリアはこの前持ち帰った薬草の調合。

エリィは自身の魔法の訓練――今日は紅天にいるのはセンだけだった。

センはにやりと笑いながら、レインの方を見る。

「だから、今日はお姉さんが一日レインちゃんの面倒を見るわっ」

「レインちゃん言うな！」

レインがそう言うと、センは「あははっ」と笑った。

グロッキー状態から復活したセンは、しっかりと飲みのときの記憶を持っているらしく、うろ覚えながらもレインも記憶している賭けの勝利権をそのまま履行していた。

ぐぬぬ、と少し嫌そうな顔をしながらも、レインは仕方なくそれを受けるしかない。

「悔しかったらもっとお酒には強くなることね」

「あのときは、油断しただけだ……っ！」

「お酒で油断ってどういうことよ」

レインには作戦があった。

ただ、あまりにも酔いが早く回ってしまったため、結局何もできずに潰れてしまうことになっただけだ。

次の機会があれば負けない――レインは心の中ではそう思っていた。

そんなレインを見てセンは何か思いついたような様子だった。

「レインちゃんって呼ばれるの、そんなに嫌？」

「嫌というか……僕はこう見えても男だから」

今でこそ、女の子になってしまってはいるが、レインはいまだに男に戻ることは諦めていない。

それが裏目に出てしまっていることには、まだ気付けてはいないが。

「こう見えてもって……言われても仕方ないって思ってるみたいよ」

「あっ、そ、そうじゃなくて――とにかく、嫌な気持ちの方が大きいかな！」

レインがそう言うと、センは少し悩むように腕を組む。

しばしの沈黙の後、センは頷いた。

「分かったわ。それじゃあ、レインちゃんって呼ぶのはやめるわ」

「え、ほんと？」

「そ、の、か、わ、り！　ちょっと付き合ってほしいところがあるのよね」

「付き合ってほしいところ？」

「そうそう」

レインは少し迷った。センやリースが行きたいところと言うと、危険が伴う場所な気がしていたからだ。

それを言えば、シトリアの件も同じではあるが。

「嫌なら嫌でも構わないわよ？」

「どこに行きたいの……？」

「魚釣りよ」

「魚釣り？」

「今日のおつまみね」

また飲むのか——そう思いながらも、レインは少しほっとした。

魚釣りくらいならば付き合ってもいいと考えた。そのあたりの川に行くくらいなら問題ない。

ただ、レインは別に魚釣りを得意としているわけでもない。

「でも、僕は魚釣りなんてほとんどやったことないけど……」

「平気よ、レインには重要な役割があるから」

「……水を凍らせるとかじゃないよね」

「さっ！　準備ができたら行くわよ！」

レインの言葉を無視して、センはそう言って準備を始める。完全に、レイン頼りの魚釣りだということが分かった。

正直、あまり魔法を表立って使いたくないという気持ちもあったが、力の制御の訓練にはちょうどいいかもしれないとレインも考える。

「――って、僕は引っ越しの準備に来たんだけど」

「あら、いいじゃない。どうせほとんどやることないんだし」

「……どういうこと？」

「部屋なら、この前エリィが片付けてたもの」

「え、エリィが？」

「そ、一緒に行って結構仲良くなったらしいじゃない？　お姉さんも安心したわ」

意外なことだったが、エリィがレインの住むための部屋の整理をしてくれたらしい。

少し嬉しいような気持ちになりつつも、釣りには行くことが確定してしまった。

釣竿をいくつか持ったセンと、特に何も持たないレイン。

近場の川にでも行く雰囲気で町を出た二人が向かったのは、そこから徒歩で一日以上かかるウィコス川という場所であった。

「遠すぎだよ!?」

「あら、言ってなかったかしら」

「言ってないっ！」

そんなやり取りが、歩き始めて一時間程度で発生したのは言うまでもない。

そして——さらに歩いていくと、明らかに疑問ばかりが浮かんでくるようになった。

「ねえ、おかしくない？」

「……？」

「その何が？　みたいな顔やめて！」

——夜、レインとセンは森の中で焚火《たきび》を囲っていた。

センが倒した魔物の肉を調理して、夕食を取る。冒険者として、解体技術は基本みたいなものだ。

そこはおかしいところはない。

ただ、ここにいる魔物のレベルは割と高い。C級程度の魔物がうろうろしていて、高いものだとA級相当の魔物までいる。

こうして焚火を囲っている間にも、どこから魔物が襲ってくるのか分からない状態だ。そんな中でレインが落ち着けるはずもない。

対するセンは、普通に家の中にいるくらいリラックスしている。

「大丈夫よ。レインはBランクの冒険者でも、わたし達が見た感じSランク相当——ひょっとしたらそれ以上の力を持っているんだから。どーんと構えておけばいいのよ」

「そんな悠長《ゆうちょう》ではいられないいんだけど！　僕はあくまで迷宮専門の冒険者であって、こう開けた場所では安心感が……」

そわそわと落ち着かない。広すぎる場所では、レインの《エコー》の魔法もあまり意味をなさない。

あくまで狭い場所で反射することで広がるからだ。

こういう場所ではまた違った感知の魔法がいいのだが、レインはそれを会得《えとく》していない。センもそういう類の魔法を覚えているのかと思えば、

「うーん、勘《かん》？」

「死ぬでしょ⁉」

もしかしたらここで死ぬかもしれない——そんな不安感すら過り始める。早い話、センは感知魔法系を苦手としている。

そういう類のものもなく、純粋な本人の戦闘力のみでSランクの冒険者となったある意味本当の化物みたいな人間だ。

確かに、アラクネ戦のような動きができれば魔法が使えなくとも問題はないだろうが、レインにとっては死活問題だった。

今、この場でもセンの勘を頼るしかない。森の中は一層暗く、焚火で照らし出されているのは二人の周辺だけだ。

むしろ、目立ってしまうのではないかという感じもする。

「大丈夫だって。わたしが全力で守るから」

「でも……やっぱり落ち着かないっていうか……」

「そんなに女々《めめ》しいこと言わないで」

「さすがに言わせてよ⁉」

元々ここにやってきたのもセンの誘いからだ。

実際、レインが『レインちゃん』と呼ばれないことを条件についてきたのだから何も言えないのだが――そもそも今日のおつまみと言っていたセンとの釣りがすでに二日目を迎えているところがおかしい。

「まあまあ、寝たら落ち着くわよ」

「こんな状況で寝られると……？」

「わたしは寝られるけど……」

レインは深くため息をつく。力だけはSランク相当でも、まだまだ心は安心、安全をモットーにしたBランクの冒険者だ。

シトリアとの薬草集めで多少は自信がついたとはいえ、それこそ何が起こるか分からない森の中で落ち着いて眠れるはずもなかった。

もう起きているしかない――そう決意をした。

そんなレインの様子を見て、センは口を開く。

「レイン、お姉さんはあなたの力を信頼しているわ」

「……」

そう言いながら、センは懐から小さな瓶を取り出した。

「大丈夫よ。わたしがいる限りあなたに怪我をさせるようなことはない」

「……？」

さらに、瓶を開けると、一つの小さなお猪口《ちょこ》を取り出してそこに瓶の中身を注ぐ。

透明な水のようだが、さすがにこんなところでは、とレインは疑問に思いつつもそれを飲むセンを見る。

「ぷはぁ、だから心配しないで今は休んでいいのよ」

「うん、分かったけど……それは？」

「飲む？」

センからそのままお猪口を手渡される。特に強い香りがするわけでもない。

レインはそれを一口だけ飲んだ。

少し辛い感じはするけれど飲みやすい――そんな水のような見た目をした飲み物の正体は一つしかない。

「これ、お酒でしょ」

「そうよ」

「色々と台無しだよ！」

こんな場所で酒を飲み始めるような冒険者の何を信じられるというのか。

レインは一層に警戒を強めた。

「これくらいのアルコールはむしろ寝るのにちょうどいいの。わたしはあなたと違って弱くないから」

「僕だって弱くない！」

「あら？　あんなことになってもそんなことが言えるなんて」

「あんなことにそんなこと……？」

レインはいまだに何があったのか知らない。あの場にいた人に聞いても、教えてくれないからだ。

センの物言いからしても何かをやらかしてしまったような感じだけは伝わってくる。

「そう、あんなことやそんなこと」

「そ、そんなこと言われても……いや、あのときは本当におかしかっただけだから」

「だったらそれ全部飲んで寝なさい」

「うっ、でもこれ結構強いよ？」

感覚で分かる。少量しか飲んでいないが、すでに胃の中に熱いものが広がる感覚がある。

この前のことを考えると、これを飲んだだけでも時間が経てばそれなりに酔いが回る気がした。

「そんなに強くないわ。それに寝るのに一杯はちょうどいいって言ったでしょ？　まあ軽く飲んで休みなさいって」

「……分かった」

レインは頷いて、もらった分だけは飲み干す。胃の中に広がっていくアルコールの感覚。

センにお猪口を返すと、また一人で飲み始める。

レインもしばらくは問題なかった。

ただ、アルコールが少しずつ回ってくると、心臓の鼓動が感じられるようになってくる。

周囲の雰囲気と相まって、余計に緊張状態が高まってしまった。

（の、飲まなきゃ良かった……）

後悔先に立たず――ここでレインは考える。

このまま緊張状態が、続く方が正直つらい。いっそ、もう少しだけ酔ってしまった方がいいのではないか、と。

「セン……もう一杯もらってもいい？」

「あら、別に構わないわよ。一杯と言わずに寝られるまで飲めばいいわ」

すでに思考力が低下していると言われても仕方ない――そんな状態のレインだったが、渡されたお酒を口に運ぶ。

しばらく二人は話を交えながらお酒を飲んでいたが、やがて夜が深くになるにつれて、うとうとし始める。

そんなとき、草むらから一体の魔物が現れ――

「なんだぁ！　てめぇ！」

ボンッと氷の柱が魔物の目の前に出現する。

驚いた魔物はすぐさま逃げ出した。

強い酒を短時間で飲んだレインは、やや荒《すさ》んだ性格になってしまっていた。

「はぁ、もう休むのも疲れた。夜の間にちょっと進も？」

「休めるときに休んだ方がいいと思うけど」

「いいんだよ！　こんなところで休むくらいならさっさと終わらせて帰った方が百倍ましだから」

レインの言葉にセンが少し驚いた顔をする。

「わたし、初めてレインのことを男らしいと思ったわ」

「ほ、ほんと？　じゃあ、今度からこういう感じでいってやる！」

男らしいと言われただけでとても嬉しそうにするレインの姿は、やはり男らしくはないのだろうが――本人はそれには気付いていない。そして、翌朝を迎えて、

「やってしまった……」

川まで向かう森の途中にはいっぱいの氷柱が並んでいた。

昨日――酔った勢いで暴れたことは覚えている。どうにも歯止めが利かなくなってしまうようだ。

レインとしては、今度は記憶を失わなかったことが不幸中の幸いであったが。

こんなところで酒を飲むこと自体が間違いだったと反省している。

「でも、昨日のレインはなかなかに男らしかったわよ。結構強そうな魔物にも臆さず魔法をバンバン撃っていたわ」

「うっ……」

そう言われるのは複雑な気分だった。

レインとセンはこうして森の中を抜けていき、ようやく目的地であるウィコス川へと到着したのだった。森を切るように流れる比較的大きな水流がそこにある。

上流の方に行くとその分川は細くなるが、流れは速くなる。釣りをするなら、この付近の流れがちょうどいいくらいだった。

意外にも、人がいた形跡はいくつか残されている。

どうやら定期的に冒険者がやってきてここで釣りをするようだ。

レインも覚えがある。ギルドの依頼の中にも、食材調達依頼というものがたまにあった。

魚などの依頼も、もちろんそこにある。そうした依頼を受けて川までやってくる者は少なからずいるのだ。

この森や川までやってこられる冒険者の数はそれなりに限られそうだとは思うが。

少なくとも、レイン一人ではまずやってくることはないだろう。

「さ、始めましょうか」

そう言うと、センは背負っていた荷物を広げる。スッと取り出したのは一本の短い棒だった。

それを軽く振ると、ヒュンッという音と共に棒が伸びた。

そう、釣竿《つりざお》である。

「……意外としっかりしたもの持ってるんだね」

「まあね。結構、川で釣るのは好きだもの。ちなみにリースを誘うと銛《もり》で捕り始めるから」

「銛……ふっ」

その姿を想像して、レインは思わず噴き出してしまう。

リースなら確かに、違和感はなかった。

ただ、同じくセンも釣りではなく川の中に入って直接斬りつけそうなものだが。

「センは川には入らないの？」

「うーん、わたしあまり泳ぎが得意じゃないのよね」

「えっ、意外だね」

Sランクにもなると、水の中で魔物を狩ることも結構ありそうなものだ、と勝手に思っていた。

「そうかしら？　レインはどうなの？」

「まあ、僕もそんなに得意じゃないけど……」

「じゃあ川には入らないように注意した方がいいわね。ここは真ん中の方はまあまあ深いから」

「分かった。気をつけるよ」

もちろん、言われなくともレインは川の中に入るつもりはない。

レインを使って魚を捕るつもりなのかと思っていたが、センはレインにも釣竿を渡して、意外にも普通に釣りを始めた。

餌《えさ》は森の近辺でもよく見られる小さなワームだった。

それを針に付けて、川へと投げ入れる。

センのフォームはとても綺麗だった。

(さすがSランクの冒険者――って関係ないか)

けれど、参考にはなった。

レインも見様見真似《みようみまね》でセンのように投げ入れようとする。

ヒュッと針がローブに引っかかり、その勢いのままペロンとめくれた。

しかも、ワームだけがなぜか服の中に入り、

「うわ、見えないっ――何か入ってるし！　気持ち悪っ！　あ、だめ！」

「一人で何してるのよ……？」

センにローブを直してもらい、服の中のワームも取ってもらう
釣りを始める前からすでに終わりそうな勢いだったが、気を取り直してもう一度投げる。

今度はきちんと成功し、なんとか始めることはできた。

「まあ、釣りは待つのが基本だから。一人より二人の方がいいのよね」

「そういうこと……それなら僕以外でもいいんじゃないの」

「いいじゃない。暇なんだし」

「勝手に決めないでよ⁉」

実際のところ、引っ越す準備をしに来てすでに片付けができていたということで暇ではあるが、それはそれでギルドから依頼を受けるとかやることはある。

もっとも、今はリースが話を聞きに行っているが。

魚釣りといっても、趣味でやりに来たわけではない。あくまで、センのおつまみを釣りに来たという話だった。

「そういえば、どんな魚を狙っているか聞いてなかったけど」

「んー？　《ウィコスサーモン》っていうここで見られる魚よ。産卵時期になるとさらに上の方まで泳いでいっちゃうけど。塩水で干すといい感じの干物になるのよね」

「あまり聞いたことないな……」

「そうでしょうね。高級品よ？　レインはあまり酒場でもお高いものは注文しないわね」

「……まあ、一応お金は貯めたい派だから」

「あら意外ね。どうして？」

「どうしても何も、後々のことを考えたら普通のことだよ」

将来、楽をするためにお金を貯めている。ただそれだけだった。

「それだけの力があるならもっと色々のことができると思うけど」

「別にやりたいとは思わないけどね」

「そう？　お姉さん、結構期待しているのよ。わたしも冒険者としてもっと先を見られるんじゃないかって」

「……？　それってどういう――」

「あ、レイン！　引いてるわよ！」

聞き返そうとしたところで、レインの方の釣竿が揺れる。慌てて竿を引いた。

「うわっ、重!?」

「あら、この辺でその引きだといきなり当たりかも！　意外とついてるじゃない」

「意外とは、余計、だ！」

ぐっと思い切り引くと、川から比較的大きな魚が飛び跳ねた。

センはそれを見て頷く。

「おっ、あれが――」

そんなセンの言葉を遮るように、さらに大きな魚がレインの竿にヒットした魚を丸々飲みこんでしまった。それはほんの、一瞬の出来事だった。

「え、えええ？　なんか凄いことになってるんだけど!?」

レインも思わず二度見する。大きな魚がさらに大きな魚に丸のみされたのだ。

驚くのも無理はない。呆然《ぼうぜん》とするレインに対し、センはすぐに声をかける。

「身体固定できる？　引っ張られると危ないから場合によってはすぐに釣竿を放してね」

「あ、うん」

レインは足や腰、手首に氷の柱を設置して固定する。少し前かがみになった状態だ。

「……なかなかいい格好ね」

「そんなこと言ってる場合なのかな!?」

実際、釣竿の糸の先には先ほど見えた大きな魚がまだ川の中にいる状態だ。

ただ、大きな動きはない。

釣竿を引っ張ってもビクともしないが、魚は川の中へと沈んだまま動きを止めたようだ。

糸は食べられた魚の方に引っかかっている。

食べた側には特に気にならないのかもしれない。

「それにしても、ついているのかついてないのか分からないわね。お目当ての魚が来たと思ったら、あんなのに奪われるなんて」

目当ての魚を別の魚に奪われる――サイズがサイズだけに滅多にあることではなかった。

この川の中でも今回狙っていたウィコスサーモンはそれなりに大きいサイズだったからだ。

たまたまこの川の方までやってきていた巨大魚に運悪く狙われてしまった形となる。

「僕のせいじゃないけど……」

「もちろん、責めているわけじゃないわ。むしろ面白くなってきたと思わない？」

「いや、思わないけど！」

センの言葉をレインは否定する。

少しテンションの下がっているレインに対して、センはむしろ燃えてきた、と言わんばかりに目を輝かせている。

どうやら巨大魚も含めて捕まえるつもりらしい。

レインももうやめよう、と言うのはやめた。

アラクネのときから思っていたが、彼女達のパーティはよほどのことがないかぎり撤退するようなことをしないからだ。

後衛タイプと思えるシトリアですら戦いでは退くことを選ばなかった。

もっとも、シトリアとセンではまるで戦う理由は違う。

シトリアは薬草を手に入れるためで、センはおつまみを手に入れるためである。

（……あれ、そんなに頑張らなくてもいいんじゃ……？）

レインがそう考える間に、センは行動を開始した。

早々に剣を腰にさげると、軽く準備運動を開始する。

「一先ずそのままね。わたしが直接やるわ」

「え、直接って――」

レインの問いかけに答える前に、センが跳躍した。

そのまま、釣竿の先――糸の部分に着地する。思い切り釣竿は撓《しな》るが、折れることはなかった。

大きな魚にも対応できる釣竿だ。糸の方も、元々大きな魔物を捕らえるためのネットにも使用される頑丈なものだった。

どちらも問題はその重さを支えられるかどうかであったが、氷で固定しているレインにその問題はない。

ただ、この状態では釣竿を引くことはできないが。

「周囲に氷の足場とか作っておいてもらえる？」

「それはさすがに危なくない!?」

「え、足場で滑るようなことはしないわよ。レインじゃないんだから」

「そういう意味じゃなくて！　そのまま行くことがだよ！」

「ああ、そっちね」

ようやく突っ込みが通る。

氷の足場も作れるが、センがしようとしているのはこの釣竿の糸に沿ってそのまま走っていくということだった。

いくらSランクの冒険者といってもそんなことをするとはレインも思わなかった。

ただ、そういうことができる技術を持っていることは、すでに目の前にいるセンを見れば嫌でも分かってしまう。

「動き回られたら追えないじゃない？　長い時間引っ張り合ってもいいけど、たぶんこっちが持たないわ」

「ここから川を凍らせていくのは？」

「他の魚に砕かれると面倒だから空中がいいの。それとも、川の底まで綺麗に凍らせて向こうの方までまっすぐ道が作れる？」

「……できないけど」

レインも器用な方の魔導師ではあるが、流れる川においてまっすぐ綺麗な道を作るのは難しかった。

それこそ、川の流れを変えてしまうほどに凍らせることは可能だろうが、そうなるとここからレインの方まで水が流れてくる可能性もある。

その方が危険だとセンは判断していた。

「そこはきちんと考えてたんだ……」

「わたしだってバカじゃないわよ？　相手を追うなら付いている糸を追うのが結局一番早いものね」

センはそう言うと、剣を抜いて駆けだしてしまう。

「それじゃ、危なくなったら外していいから！」

「いやちょっと！」

（外せるわけないだろ!?）

センはそもそも、泳ぎはそんなに得意ではないと言っていた。

それに、この川にもああいう巨大な魚が現れることがあるということだ。

魚が魚を食べるだけならばまだしも、人間を食らうものだっているかもしれない。

折れそうなほどに折れ曲がった竿を支えるために、レインはある魔法を発動した。

「氷の巨人よ――」

氷がいくつも重なりあって出来上がる人型の巨人――氷のゴーレムだ。

冷気を発しながら、ゴーレムはゆっくりと竿と糸を固定する。

レインが滅多に使うことのない魔法の一つだった。

あまり動きも速くはなく、その上脆《もろ》い――氷のゴーレムは主に荷物運びなどで、必要になった場合にのみ使われる。

ただ、今のレインが使うとどうなるか分からなかったから、手加減をして作ったつもりだった。

「大きすぎないように作ったつもりだけど……」

サイズはすでに三メートルを超えており、レインに覆いかぶさるように背後にいる。

物凄い圧迫感がある。見た目はシンプルな人型デザインであったはずが、ギザギザと尖《とが》った部分が目立つようになっている。

ギギギ、と動くたびに耳に音が届くのがなんとも言えなかった。

「あら、かっこいいもの作るじゃない」

センが少し離れたところからレインの様子を見る。

そして、再び川の方へと視線をうつした。すでに周囲にはいくつか足場が作り出されている。

(ほぼ同時にこれだけのことができるのはさすがね)

「まあ、足場は安定しないわね」

糸の上に立っているのだから当然だった。

センはそのまま、川に入るギリギリのところまで進み、そこでぴたりと動きを止める。

(どうする気なんだ……)

レインが離れて見守る。

センが川に入って直接斬ることはないだろう。

そもそも、槍とは違い水の中では剣を振るうことは難しいのではないか、というのがレインの見立てだ。

そんなレインの考えをよそに、センは剣の持ち方を変えて、魚がいるだろう方向へと剣を向けて

―――

「えいっ!」

「な、投げたー!?」

レインも思わず声をあげて驚く。

そんなことをして、魚を捕ろうとするとは想像もしていなかったからだ。

ましてや、剣で戦う冒険者のセンがそんな風に剣を扱うこと自体に驚く。

もしも剣がなくなってしまったらどうするつもりなのだろうか。

センは剣を突き刺した後、作り出された足場の方へと跳躍する。

レインの心配をよそに、センの付近の水は赤く血で染まっていき、やがてそこに剣の刺さった状態の魚が浮かび上がってきた。

「ふふっ、一撃ね」

笑顔になるセンに対して、レインは呆然とその状況を見つめるだけとなっていた。

川辺まで足場を作り、センが戻ってくる。

そして、作り出したゴーレムによって巨大魚は引き揚げられた。

頭部に剣が刺さって即死の状態だ。見たことのないタイプの魚ではあるが、牙の形状などから肉食系の魔物である可能性は高い。

そもそも食べられるものなのかどうか分からないが、センはもう食べる気満々だった。

「おつまみの種類が増えたわね」

「いや、こんな大きいのどうやって持ってかえるのさ」

「レインのそれがあるじゃない」

センの言うそれというのはゴーレムのことだ。

「冷えてるから腐りもしなさそうだし……レインったら便利ね。お姉さん嬉しいわ」

「いや、これ維持するの結構疲れるんだけど……」

「男の子でしょ。がんばって」

「ぐっ」

そう言われると、レインも頷くしかなかった。

センが剣で魚を綺麗に切り刻み、レインがゴーレムの身体の一部を保存室とした。

氷のゴーレムの中にいくつも魚の柵が見える状態はなんともシュールなものだった。

さらに、そんな状態のゴーレムが魔物達に狙われないはずもなく、帰り道も実に多難であった。

もうセンとは絶対に釣りには行かない――そう思うレインであったが、この数日後にはまた一緒に釣りに行くことになっていたのだった。

＊＊＊

釣りから戻った日、センは拠点の自室でゆっくりとしていた。ベッドの上に横になりながら、釣りのことを思い出す。

「ふふっ……なかなか楽しかったわね」

センはそう言って、笑みを浮かべた。

リースが連れてきたレインの魔法を最初に見たのは、ワイバーンが町を襲撃したときのことだ。

そもそも《蒼銀》のレインと呼ばれている彼のことなど興味もなかったが、あの魔法を見て確信した。

レインは紛れもなく、最強に近い存在である魔導師だということを。

そして、センにとって強者は――純粋に仲間に必要な存在であった。

（強い子は好き。無駄に心配する必要もないし……まあ、レインはちょっとドジなところあるから、助けてあげる必要もあるけれど。それを差し引いたとしても、十分な実力者と言えるわね）

何より、一緒にいてとても楽しめる。

この前のアラクネの時もそうだった――魔物に捕らわれはしたが、あれほど大きな魔物を仕留めるだけの力を、レインは見せたのだから。

どちらかといえば、その後の飲み会の方がセンにとっては楽しめるものだったと、言えるのかもしれない。

「やっぱり、冒険者をやるなら『楽しまないと』」

それが、センが冒険者をする理由だった。この世界に生まれたからには、常に刺激のある人生を送りたい。

おそらく、《紅天》にレインが入ってから、センの楽しみが増えたことは違いない。

レインの方は、センのことを苦手に思っているのかもしれない――だが、別にそれならそれで構わない。

「レインには、もっと楽しませてもらわないとね」

一層、悪戯っぽい笑みをセンは浮かべた。

# ◆第五章　洞窟の魔物を討ちに行こう

遂に引っ越しの日が明日となった。そんなレインであったが、呼び出しを受けて今は紅天の拠点までやってきている。

到着した時点からすでにメンバー全員が揃っていた。

リースの雰囲気からはいつもと違う感じがする。

仕事の話をギルドから聞きに行っていたから、その結果から新たに依頼を受けてきたのだろう。

「さて、今日集まってもらったのは他でもない」

「いつも集まってるじゃない」

「そうですね。レインさんも明日からは一緒ですし」

「話の腰を折るな」

センとシトリアの突っ込みに、咳払いをして再び話を続ける。

「先日、アラクネが森の中に現れたことを覚えているな」

「覚えているも何も、ねえ？」

「そうですね」

ちらりとレインへと視線が集める。

アラクネというとレイン――町中でもそういう印象が広まり始めていた。

その日はレインにとっても、色々なことがあった日だ。

レインは少し不機嫌そうな表情になる。

「どうして僕を見るんだ」

「アラクネという言葉だけでレインの痴態《ちたい》をいっぱい思い出せるからよ」

「失礼だな!?」

「まあ、レインの痴態はともかくだ」

「痴態って言わないで！」

「――っていうか、リースの話が全然進まないから静かにして」

静かに聞いていたエリィから突っ込まれて、レインの反論もむなしく話は進む。

エリィもレインを認めたということか、一緒にいてももう無闇《むやみ》に噛みついてくることはない。

むしろ部屋の掃除までしてくれるくらいには、好意的といってもいいだろう。

それでも、ややきつい言い方をするのはエリィの性格であると言えた。

「それで話というのは……なんだったか」

「アラクネよ、アラクネ！　レインの痴態！」

「痴態じゃないよ!?」

「ちょっと、静かにしてってって言ったでしょ」

「センさん、レインさんの痴態と言いたい気持ちは分かりますが、静かにしましょう?」

「分からないで!?」

そんなやり取りが続いてしまい、結局しばらくの間そんな他愛《たわい》のない話で進まなかった。

結局、エリィが机をたたいてからしばしの沈黙になり、ようやく話が進むことになる。

不機嫌そうなエリィに、不満げな表情のレイン。

少し楽しそうなセンといつも通り微笑むシトリアに、リースは改めて話を続けた。

「……それで、アラクネが出てきた件なのだが、あいつがなぜ森の方にいたのか理由が判明した」

「確かに森の方にいたのはおかしかったものね」

「ああ。正確に言えば、判明したというよりは原因があることが分かったというべきか」

「どういうことですか?」

「奴は森の中でいうと北方の洞窟に棲んでいたようだ。近くに穴も見つかっている。洞窟から逃げ出したときにできたんだろう」

「逃げ出した、ね。確かに理由もなく洞窟から飛び出していたのはおかしいと思ったけれど、何かが洞窟にいたってことね」

センの言葉にリースは頷く。

元々、リースとセンはアラクネが森の中とはいえ、外に出てきていることに違和感を覚えていた。何か原因があったのだろうとは察していたが、その原因というのが何かから逃げてきたということなのだ。

「それって、まさか?」

なんとなく、レインは勘づいてしまう。

集められた流れでその話が出るということは、これからやるべきことに繋がってしまうのだから。

リースは頷くと、いつも通り冷静な声で告げる。

「今回はその洞窟の調査に向かう。先遣隊がすでに洞窟に何かいることは確認しているが、隠密に特化したメンバーだ。戦闘に必要なメンバーということで我々に白羽の矢が立った」

森の外だったとはいえ、巨大なアラクネはS級相当の魔物だったと言える。

そんなアラクネが逃げ出してしまうということは、相手はS級相当ではなく紛れもなくS級の魔物ということになる。

ただでさえ強力な魔物であったアラクネが逃げ出すほどの相手と戦う――レインは早々に回避したいという気持ちでいっぱいになっていた。

だが、そんなレインの気持ちをよそに、相変わらずパーティメンバーはノリノリだった。

「ふふっ、面白いじゃない。アラクネすら逃げ出す相手なんて」

「Sランク相当どころか超えてそうですね」

「ああ、危険な相手にはなるだろうな」

どうしてそれが分かっていて彼女達はその依頼を受けてくるのだろう――レインの最大の疑問ではあったが、もうそういう性格で、そういうパーティなのだと割り切ることにしていた。

ただ、それでも抵抗をしないわけではない。

「僕は無闇に刺激しない方が――」

「さて、それじゃあ明日早速行くとしよう」

「意見くらい聞いて？」

「レインったら、また戦いたくないみたいなこと言うつもりでしょ？　お姉さんはあなたの実力を買ってるのにもったいないわ」

「そうですね。レインさんは少し慎重すぎるところはあるかと思います」

当たり前だ──そう言ってやりたい気持ちを抑えて、レインは努めて冷静に答える。

「どんな相手か分からないし、それにアラクネを追い出してその洞窟に棲みついたのなら気にしなくていいんじゃないかな！　狭いところで刺激して食われでもしたらどうするのさ」

正直、洞窟のような暗く狭いところで強い魔物とやり合うのは難しいと考えていた。害のない相手なら放っておくのが一番だ、と。

「今フラグ立てたの？」

「違うよ!?　真面目に心配をしてるんだって──」

「レイン、あんたの実力ならそんな心配はいらないと思うわ」

そんなレインの言葉を遮ったのはエリィだった。

思わぬところからの言葉に、レインだけでなくリース達も驚く。

「何よ、そんなに驚くこと？」

「いや、だって、ねえ？」

センがそう言う。

この前までの態度を見れば、そんなことを言うとは誰も思わなかったのだろう。リースは静かに頷くと、

「エリィの言う通りだ。レイン、この戦いには君が必要だ。そして、君にはもっと自分に自信を持ってほしいという気持ちも私にはある」

「要するに、男らしさを見せてほしいってことね！」

「くっ、ここでそれを言うのか……」

いつもセンには煽られて乗せられているような気がしている。

それでも、レインも結局のところ討伐に向かうことに賛成することになった。

理由は単純だ。放っておけばいい相手ではなかったからである。

その洞窟は町の地下の方まで続いている可能性があり、時折揺れを感じることもある。

地面を移動しながらこちらへとやってくることになれば、その被害は今までとは比べ物にならないものとなる。

すなわち、未然に防がなければならないということだ。

先遣隊の情報では、黒く蠢く巨体であったことは確認されており、身体も長い形状だったという情報しか分かっていない。

それがずるりと洞窟を移動していたということだ。

「ふふっ、燃えてきたわ。アラクネのとき以上に期待してるからね？」

「まあ、がんばるよ……」

センの言葉に渋々頷くレイン。

各々《おのおの》準備をして、明日討伐に向かうこととなった。引っ越しの日が明日を予定していたことは、すでにレイン達は忘れているのであった。

そして、翌日――レイン達一行は問題の地点へと到着していた。

出発前の準備などはほとんどない。

危ないかも、と言いつつも普段とは変わらない様子で町を出ることになった。

前回とは違い、今回はエリィもいる。

前衛二人に後衛三人――もっとも、シトリアについては近接も可能な実力があり、ある意味バランスの取れた人物だ。

洞窟内に潜入するメンバーは五人だが、森の近辺で待機するパーティもいくつか存在している。

いざというときは洞窟外での戦闘も視野に入れた構成だった。

森の中に入ると、前回と同様にゴブリンの集団に襲われた。

それはもう、センとリースがいれば問題なく突破できる。

この短い間にこういう状況には慣れ始めていることが少し恐ろしくなっているレインだった。

「……これがアラクネの出てきた穴だな」

「穴というかもう洞窟の入り口みたいね」

ぼっこりと大きく地面にあいた穴は、綺麗とは言い難いが道になっていた。

かなり急ではあるが、一応ここから降りることができるだろう。

レインが穴を覗き込むと、ヒュオオオッという魔物の鳴き声にも似た風の吹く音が耳に届く。

「……ここから行くんだよね？」

「その方が手っ取り早いでしょ。もしかして、高所がダメとか？」

「この場合、この洞窟は高所になるのでしょうか」

「んー、じゃあ閉所？」

「どっちでもない！　むしろこういうタイプの場所の方が僕は真価を発揮できるんだぞ」

「あら、結構な自信ね」

思わず口が滑ってしまった。自信満々というようなつもりはなかったが、センの言葉にはついつい過剰に反応してしまう。

少し深呼吸をして落ち着こう――そう思ったとき、地面が揺れた。

「わわっ、何これ！」

「……まだ近いところにいるのか？　レイン、危ないからこっちに――」

そうリースが言った直後のことだ。

さらに大きな揺れによって、地面が波打つ。

その揺れによって、レインの足場が少し崩れて、洞窟の方へと吸い込まれるように倒れ込んでしまう。

一瞬の出来事で、リースも少し反応が遅れた。

リースは手を伸ばしたが、わずかに届かない。

「そんなことってえええええっ！」

「レインッ！」

そうして、洞窟の闇に消えていくレインの姿を、四人は見送る――ことにはならなかった。

リースも反射的に飛び降りてレインの後を追う。

急な場所でも上手くバランスを取りながら、滑るように降りていく。

「もうっ！　わざとやってるのかしら？　おっちょこちょいなんだから」

「仕方ないところもあると思いますが……相変わらず不運ですね」

「……ったく。あたし達も追うわよ」

「エリィ、あなたは降りられる？」

「馬鹿にしないで。当然でしょ」

落ちたレインと降りたリースを追うように、三人も洞窟の中に入る。

それぞれがバランスを保ち、滑るように降りていく。

レインだけはバランスを取れずに思いっきり正面から滑り落ちていた。

（や、やばい。勢い止められないいんだけど！）

レインは焦っていた。

暗い洞窟の先までは視界が確保できていない。地面が目の前に出てくれば怪我で済むかどうか分からない。

（氷で身体を覆うか!?　いや、勢いも殺せるかどうか……！）

どうするか迷っているところで、不意に視界が明るくなる。

後方のシトリアが魔法を発動したのだ。洞窟内部が明るく照らし出され、レインは先の方を見ることができた。

穴の先は急ではあるが、少しだけ緩やかになっているのが分かる。

さらにその先――出口となる部分は地面へとスライディングするようにして出られるようになっていた。

レインは氷の短刀を作り出すと、それを滑りながら壁に突き立てる。

やや柔らかい質感の壁には氷の短刀が削られながらも刺さり、それがわずかに滑る勢いを殺して、バランスを保つことができた。

レインはそのまま洞窟内部に勢いよく飛び出す。

「へぶっ」

ズサーッと泥でできた地面を滑って、そのままうつ伏せで停止する。

正体不明の魔物と戦う前から、すでに幸先《さいさき》が悪すぎる突入となってしまった。

「……はあ」

レインは軽くため息をつきながらも、なんとか無事であったことを喜ぶことにした。

汚れを払おうとするが、湿り気のある土の汚れが取れるわけもなく、やや湿った服も気持ち悪い。

だが、この程度ならば迷宮探索を主とするレインにとっては苦にはならない。

狭く暗い洞窟――それはレインにとって迷宮にも近い感覚であった。

（やっぱりこういうところは落ち着くなぁ……）

迷宮というより、むしろやや暗くて狭い場所が落ち着くと感じる引きこもり体質のレインであったが、後方からやってくるだろうリース達と合流するために、振り返る。

そのときに、視界に入る大きな魔物の姿があった。

（魔物……!?　あ、でもターゲットじゃないかな。結構小さい――）

そう頭の中で魔物を分析していると、レインの身体に何かぬめり気のあるものが巻き付いた。

それなりに距離はあると思っていたが、魔物はその距離をものともしない武器を持っていたのだ。

「舌……？」

「ゲコ」

ピンク色の長い舌をレインに巻き付けて、暗がりに潜む魔物はレインの言葉に答えるように鳴く。

紛れもなくカエルの姿をした魔物――洞窟内に生息している原生の魔物だ。

「え、ちょ――」

くんっ、とそのまま勢いよくレインを引っ張ると、魔物は大きく口を開けてレインごと口の中に収納する。

リース達が到着したのは、その直後のことだった。

＊＊＊

リースは特に態勢を崩すことなく、そのままの勢いで洞窟内を少し進んだ。

だが、そこにレインの姿はない。

地面を滑ったようなあとはあるが、そこからレインの痕跡《こんせき》は途切れていた。後から、セン達もやってくる。

「あれ、レインは？」

「……姿がないな」

「まさか、一人で進んでしまったのですか？」

「それはないわね」

シトリアの言葉を否定したのはエリィだった。

エリィは一度、迷宮をレインと攻略している。

レインの性格を考えると、わざわざ一人で先に進むようなことはしない。

ましてや、後ろに四人が来ているのだから、逆にこちらに向かってきてもおかしくはない、と。

「足跡が戻っているな」

リースが地面を確認すると、滑ったあとから洞窟の入り口方面へと足跡が続いている。そして、再び途切れている——明らかに何かあったと言える状況ではあった。

「シトリアの魔法でも奥までは照らせないのね」

「一応可能ではありますが、あまり照らすと多くの魔物を呼ぶ可能性もありますので」

「魔物……？」

センとシトリアを聞いて、リースはふと周囲を見渡した。何体かの魔物の気配がある。だが、襲ってくるようなものはいない。

どうやらこの周囲にいるのは比較的温厚な性格か、臆病な魔物が多いようだ。

そもそも、洞窟に棲むタイプの魔物はそういう類のものが多い。

直接の戦闘系よりも隠れ潜んで暮らすというものたちだ。

「あら、《洞窟大カエル》じゃない？　見た目はカエルだけど結構おいしいのよね」

センが見つけたのは一匹の魔物だった。

何やら口をもごもごと動かしながら、ゆっくりと身体を動かしてここから離れようとしている。

この状況でもセンが食に関して興味を持っていることにリースは少し呆《あき》れていた。

まあ、相変わらずといったところか。

「セン……こんなときにそんなことを言っている場合では——」

突っ込もうとしたところで、ふとカエルの口元に注目する。

もごもごと動かしているところに、何か布のようなものがはみ出しているのが見える。とても嫌な予感がした。

「あれは、ローブか?」

「ん、どれ?」

「あのカエルの口元にあるやつだ」

「あたしにもそう見えるわ……」

怪訝そうな表情でエリィが答える。

もしそうだとしたら、洞窟に入った直後からすでに魔物に襲われているということになる。

そんな状況の中、シトリアが淡々とした口調で説明をする。

「洞窟大カエルはこうした粘着性のある土の中に潜む生物を好んで食べる傾向にあります。ですので、本来は肉食ではありません」

「本来は?」

「状況を見るに、滑り込んだレインさんが泥土《でいど》にまみれていたとしたら――」

その言葉を聞くと同時に、センとリースが動いた。

洞窟の奥地へ入っていこうとするカエルに、二人の剣と槍が振るわれる。

「ゲッ――」

一瞬の出来事だった。

カエルはすぐに意識を失い、だらんと舌を出しながら倒れ込む。

そんな舌からくるくると転がって出てきたのは、唾液にまみれたレインだった。

＊＊＊

レインはゆっくりと立ち上がると俯いたままリースの方を見た。死んだ魚のような目で一言呟く。

「……もう帰る」

「カエルだけに？」

「違うよ!?　入っていきなりこうなるとは思ってなかったから！」

「レイン、落ち着け。いつものことだ」

「いつものことにしないで!?」

レインの言いたいことはリースにも分かる。

アラクネのときもそうだが、レインの魔物に襲われたときのぬめり率の高さはどうにかならないものか、とも思う。

レインはカエルの涎《よだれ》を振り払う。

だが、ドロドロとしていてなかなか振り払えない。

「このローブも新調したばかりなんだけど……」

「あんた、本当に運悪いわね」

「それは僕のせいじゃないっ」

「シトリア、もしかしてレインに何か憑《つ》いてるんじゃない？　お姉さん心配だわ」

「レインさんの不運は単純に本物なだけでしょう。本人の実力がなければここまで生きてこられなかったかもしれませんね」

さらりと怖いことを言うシトリア。

服の中にまで入ったぬめりを取りながら、レインはため息をつく。

「さて、あのカエルは帰りに持ちかえろうかしら」

「えっ、食べるの？」

「食べられるわよ。おいしいし。レインは食べられる方が趣味なのかもしれないけど」

「そんな趣味ないからっ」

「そんなこと言って、出かける前に食べられたらどうしようとかフラグ立ててたじゃない」

「そういえば……レインさんってもしかして、そういうの狙ってるんですか？」

「狙ってできるわけないだろっ」

相変わらずいじられることにレインが突っ込みを入れる。

こんな状態だが、結局帰るわけにもいかない。

リースとセンを先頭に洞窟内を進むことになる。揺れの感じからすると、結構近くにいるのではないか、とリースは考えていた。

「ここから先は特に気をつけた方がいい。特にレインだ」

「くっ、分かってるよ……」

「大丈夫、今度はお姉さん達も警戒するから」

「そうね、レインがドジなのはあたしもよく分かってるから」

「エリィまで……」

「心配するな。そう言いつつも、以前はエリィがレインの枠みたいなものだったからな」

「……!? ちょ、今そういう話はいいでしょ！」

「枠……？」

「なんでもないっ」

レインの問いにエリィは語気を強めながらぴしゃりと話を遮る。

どういうことなのか分からないまま、洞窟内に潜む魔物の討伐依頼がようやくスタートしたのだった。

＊＊＊

うねうねと、洞窟の内部を黒い魔物は蠢いていた。

ここはとても静かで、湿っていて、過ごしやすい。

魔物にとって快適な場所だった。ここに棲んでいた以前の主とは戦いになることはなかった。

魔物がやってきた時点で、そいつは早々に洞窟から抜け出して外へと出ていったからだ。

強いものはその相手がどれくらい強いのか分かる。

戦うことを選ぶのは無謀というものだ。

こうして、魔物は新しい安住の地を手に入れた。元々棲んでいた場所は少し煩《うるさ》く、危険の伴う場所でもあったからだ。

魔物は、ここ数日は静かに洞窟内部で暮らしていた。

だが、こちらの様子をうかがう何かがやってきているのを感じていた。

魔物はより快適な場所を探して移動を開始したところだったが、後から追われるのも面倒だと考えていた。

ずるり、広い場所に出ると身体を動かして反転する。

魔物は洞窟内に現れた侵入者を迎え撃つことにしたのだった。

＊＊＊

「さて、レインのベトベトも取れたことだし先に進みましょうか」

「まだ完全には取れてないけど……」

服の上がわずかに湿っていて、中も滑ついている。

早く帰ってシャワーを浴びたいところだが、そんな理由で紅天のパーティは一旦戻ろうということには当然ならない。

レイン一人ではこの洞窟から戻るのに少し心配があった。

レインの魔法ならば当然、大型の魔物に対しては圧倒的な力を誇る。

だが、数の暴力になると話は別だ。森の中では絶えず様々な方向から狙われることになる。

元々のレインの実力ではまず単独で突破することは難しい森だった。

だから、早々にこの依頼を達成して戻りたいという少し不純なレインの考えがパーティの目的と一致することになる。

「暗い洞窟の中では特にシトリアの魔法が重要になるな」

「はい、周囲の視界の確保は任せてください」

「レイン、あんたもこういうところなら活躍できるんじゃないの？」

「え、僕？」

「ほら、迷宮でもやってたじゃない」

「ああ、探知系の魔法のこと？」

「あら、レインそっちの方も結構得意なの？」

センの言葉に、レインは頷く。

エリィが知っているのは当然だった。一緒に迷宮を攻略したのだから。

実際、探知魔法はこうした狭い場所では有効だ。

ただ、洞窟内部となると広い場所も当然出てくる。そうなると、効果は薄くなってしまうのだが。

「そういうことならレイン、頼めるか？」

「うん、分かった」

レインは素直に頷く。今のレインの魔力なら、ある程度広いところもカバーできるだろう。

レインが魔法を発動して周辺を確認しつつ、目視でも警戒することになった。

周辺にはやはり魔物が数体いるようだったが、近づいてくる気配はなかった。

「うん、特に問題はなさそうだ」

「こっちもオッケーよ」

レインの魔法とシトリアの視界確保で洞窟内の安全を確認する。

センがやや先の方まで歩を進め、確認を行っていた。

パーティの構成としてはセンが先行する形で前に、リースが守る形で後衛に待機する。

主に近接戦闘を得意としないレインやエリィを守る形だった。

特にレインを中心に守ろうという動きは、明確に見られた。

なぜなら本来後衛のシトリアですら、レインの近くに立っているからだ。

感謝すればいいのだろうか――そんな複雑な気持ちにレインもとらわれる。

（いや、守ってくれるのはありがたいんだけど……）

そもそも、パーティ内においては後衛でもある程度自分の身を守れるようにしておくのが普通だ。

レインは狭い場所での単独行動に特化しているため、後衛でありながら支援にはあまり向かない。

正直、パーティ向けではない魔法ばかり覚えているのだ。

そんなレインが期待されていることはやはり圧倒的な火力ということになる。

だが、本来守られるべき女性ばかりのパーティにおいて守られるポジションというのがレインにとっては複雑だった。

（なんて言うか……これだと僕が一番女の子っぽくないか？）

今はこの構成が一番安定するのは分かる。

それに守ってもらえるという点については、レインはとても安心感もあった。

その状態で冷静に考えてみると、唯一の男であるはずの自分が守られる立場にあるというのは、レインとしてはあまり許容していいものではない気もしていた。

もっとも、リースやシトリアは当然気にすることはないだろう。

二人にとってレインは女の子なのだから。

だが、センとエリィはどうだろうか。

エリィはまだいいとしても、センは後々レインのことを煽ってくる。

そんな気がしてならない。

「シトリア、そんなに近くにいなくても大丈夫だよ」

「え、急にどうしたんですか？」

「いや、急にというか……エリィだって守らないと、さ」

「……あたしは平気よ。リースだっているんだし」

「そのリースもなんて言うか、僕寄りに守ってない？」

「まあ、エリィはある程度自分で身を守れるからな。レイン、君は少し厳しいんじゃないか？」

「そ、そんなことない。僕だって自分の身くらい守れるさ」

「レインさん、気持ちはわかりますが、今はあなたの男らしさとかそういうのを気にしてる場合ではないですよ？」

「!?　どうしてそれを……！」

「図星だったんですか」

「うぅ!?」

シトリアの言葉に、レインは言葉を詰まらせる。

エリィは少し呆れたような表情でレインを見ていた。

「あたしのことを心配してるのかと思ったら、そんなことね」

「い、いや、エリィのことを心配しているのも事実だよ」

ことは気にせずに協力して進もう」

「レイン、君がこうしてついてきてくれることに私達も感謝しているんだ。だから、そんな小さいことは気にせずに協力して進もう」

「僕にとって小さいことではないんだけどっ」

「そういうところが小さいのよね」

なぜか前衛にいるセンから突っ込まれ、レインは少し泣きそうな表情になりながらも黙ることになった。

洞窟内をレイン達は進んでいく。

やがて、少し開けた場所へと出ることになった。

そこには、少し輝いて見えるキノコがいくつか生えていた。

「このキノコは……」

シトリアが何かに気付いたようにセンへと声をかける。

「センさん！　一応気をつけてください！　魔法で守ってはいますが、これらは皮膚の表面に胞子をまいて魔力を吸って成長するキノコです！」

「あら、これって酒場でも結構見るやつじゃない？」

「おつまみのキノコで出されることもありますね！」

「おつまみキノコ……」

レインも見覚えがあるものだった。

これといって目立つ形はしていないがやや細長く、上の部分がしっかりとしている。

当然、レインも自身の呪いにも似た能力で守られている――そうレインは解釈していた。

「レインさん、一応キノコには触れないでくださ――って、触ってるじゃないですか！」

「あ、ごめん。僕も結構これ好きだから……」

「意外なところで緊張感をなくすな……」

リースの言葉に、レインは少し申し訳なさそうにしてキノコから離れる。

そんなレインの股の部分が微妙に盛り上がっていることに、リースが気付いた。

「レイン、それはどうした？」

「え――」

リースの訝しげな表情に、レインもその視線の先を見る。

そこに本来あるはずのものはレインにはもうない。

だが、そこには別のものは生えていたのだった。

「は、え？　キノコ……生えてるんだけど……」

レインが確認すると、そこにあったのは洞窟内にあったキノコ。

その言葉を聞いて――真っ先にセンが笑いだしたのは言うまでもないことだった。

「はっ、ひ、そ、そんなところには普通生えないでしょ……！　ちょっと、わたしを笑い殺す気!?」

「笑うなぁ！」

頬を真っ赤に染めて、レインが抗議する。

センはうずくまったまま、「ごめん、無理」とまた大声で笑い始める。

「いや、その、なんだ。そういうことも、あるよな。ふっ」

「そ、そうね。そういうことも、あるわよね。ふふっ」

肩を震わせて視線を逸らしているのはリースとエリィ。笑い方は二人とも似ている――そんな風に達観してしまえればどれだけ良かっただろう。

恥ずかしさだけがこみ上げてくる。

(こんなの男に戻ったわけでもなんでもないしっ!)

レインは涙目になりながら股間の部分を押さえる。

一本だけ、キノコがそこに生えているという事実は変わらない。

レインのそんな姿を笑う三人に対して、一人だけ笑わずに接してくれる人物がいた――シトリアだ。

「レインさん、とりあえず抜きますから……あちらの岩の陰の方へ行きましょうか」

「え、抜くって……これを!?」

「はい。抜かないと吸われちゃいますし、大きくなってしまいますよ」

「その表現やめてっ!」

「おかしなことを言ったつもりはないのですが」

恥ずかしそうにするレインに対し、至って真面目な表情のシトリア。それが余計に恥ずかしくなってくる。

「い、いいよ。自分で抜くから」

「いいえ、素人判断で抜くのは危険です。奥まで入るわけではないですが、下手に抜けば傷ついてしまうかもしれません」

「で、でも……」

「安心してください。痛くしないですから」

「はっ、ひひっ、その表現わざとでしょ！」

「センさん、笑いすぎですよ！」

ちょっと怒ったように、シトリアがセンに注意する。どうにもツボに入ったらしく、なかなか笑いはおさまらない。

「や、やばひ……腹筋死ぬ……い、息できなひっ」

「ちょ、あんたまで笑わせないでよっ」

「シトリア、センが窒息しそうだ！」

「センさんなら大丈夫ですよ。さ、レインさん、こちらに」

「い、いや、やっぱり自分で……」

「ダメです。観念してください」

「うぐ……」

岩陰の方までレインは連れていかれる。

レインはなかなか脱げずにいたが、シトリアの「引っぺがしますよ」という言葉を聞いて覚悟を決めた。

「んっ……」

服をたくしあげて、口にくわえる。

何かをくわえていた方がいいという、シトリアの言葉を聞いてのことだった。

シトリアにはすでに裸体を見られている。今更隠したところで何も意味はない、というのは不幸中の幸いなのかもしれない。

それでも、まじまじと見られていると緊張した。

シトリアはそっとキノコに触れる。触れられても、その部分に感覚があるわけではない。

「痛くないですか？」

「う、うん」

シトリアの触診が続く。

先っぽから根元の方へと手が動くと、シトリアの手が肌に触れた。

「ん、ふぅ」

「あ、痛かったですか？」

「いひゃ……」

服を口にくわえたまま、首を横に振る。

シトリアの手がひんやりとしていてくすぐったい——そんなことを言うのは恥ずかしく、ただ我慢するしかなかった。

「やはり表面に張っているだけのようですね。簡単に抜けると思います」

「しょ、しょれなら早く抜いてくれふ？」

「待ってくださいね。簡単にといっても、肌を傷つけないようにはしないといけないので」

「……」

そんなことは別に気にしなくてもいい——そう言おうとも思ったが、シトリアにそれを言うと怒られそうな気がした。

レインはしばらく黙ったまま、シトリアの動向を見守る。

キノコ周辺の肌をさわさわと触れては、時折ペリッという音と共に剥がされていく。

むずむずとした感覚はあるが、我慢できないほどではない。

レインはちらりと、後方を気にする。

セン達がこちらにやってこないかどうかを気にしていた。

「セン、しっかりしろ!」

「はひ……」

「人工呼吸とかした方がいい!?」

——心配はなさそうだった。

シトリアは急がず、だが可能な限り早くキノコを取り除いてくれた。サッと、それを地面へと置く。

「あっ」

「どうしました?　完全に取り除いたはずですが」

「あ、うん。大丈夫……」

妙な脱力感となぜか喪失感もあるが、頭を振ってそれを誤魔化す。

無事にキノコは取り除かれた。

リース達のところへ戻ると、死にそうだったセンはかろうじて生きている状態に戻っていた。

「はあ……はあ……なんとかなったみたいね」

「どんだけ笑ってたんだよ……」

「レインの身体を張ったネタが強すぎたのよ」

「張ってない！」

「とにかく、だ。ここから気をつけて進むぞ。レイン、もう大丈夫だとは思うが……念のため言っておく。一番気をつけろよ」

「わ、分かってる。もうあんなことはしないよ！」

そう宣言した数分後に、つまずいた勢いでまたキノコが生えることになるレインだった。

センと、そしてエリィまでも呼吸困難で死にかけることになる。

唯一の良心──そう感じていたシトリアですら、二回目は吹き出していた。

キノコ事件から数十分──キノコのある場所を抜けて、湿り気のある洞窟内を五人は歩いていた。

レインは少し不機嫌そうに周囲を魔法で確認する。

「この付近も、特に問題はなさそうだよ」

「よし、先に進むか」

リースの言葉に、全員が頷く。

ただ、先行していたセンがリースとチェンジするように手で合図をしていた。

「レイン、そろそろ機嫌直して？」

こちらへやってきたセンが不意にそんなことを言い出した。

レインはばつが悪そうにセンの方を見る。

不機嫌だということを、あっさり悟られていたからだ。

レインとしては極力出さないようにしていたつもりだが、どうにも隠すのが苦手になっていた。

レインは小さくため息をついてから答える。

「別に、僕としてはもう怒ってないんだけど……」

「それが怒った言い方じゃない」

「いや、ほんとなんだって」

「そう？　ならいいけど」

センはレインからキノコが生えているのを見て、それはもう笑い転げていた。

Sランクの冒険者を笑い殺せるんじゃないか、というくらいだった。

レインとしては怒りたい気持ちもあったが、思い出すと恥ずかしい気持ちの方が大きくなるのでやめた。

隣を歩くシトリアは平然とした顔をしている。

シトリアからすれば、お腹よりさらに下——股の部分だったとしても女性同士ならばそこまで気にならないということなのかもしれない。

意識している自分の方がむしろおかしいのではないか、という思いも少しだけ感じてしまう。

（そ、そんなことはない。だって僕は男なんだから）

シトリアと一緒にベッドに寝たとき、レインは緊張していた。

それはきっと男として女性と一緒に寝たからだ。そう思っていたはずなのに——

（誰かを好きになったことなんてないけど……女の子の方が好きなのは当然だ。だって、僕は男な

んだし――って、今はどうなるんだ）

ふと、疑問に思ってしまう。

多少なりとも、精神に影響は出ていることはレインも分かっていた。

以前までは何事にも冷静に取り組めていたのに動揺しやすくなったし、センからも言われている通り、おそらくこのパーティの中で一番女々しい。

それはレイン自身も薄々感じていた。

（女の子が好きな女……僕はそういうことになるのか？）

今の状態だと、そうなってしまう。初めてそのことを意識した。

もし仮に――そんなことは考えたくはないが、レインが元に戻れなかった場合の話だ。

レイン自身は女の子の身体でも、男と一緒になるつもりはなかった。

パーティを組むだけならまだしも、一緒に生活するとなると今は少し抵抗感がある。

男のときだったらまだ良かったのかもしれないが。

（いや、そもそも僕は安定した生活がほしいだけであって、結婚相手がほしいわけじゃないんだ。だから、大丈夫）

レインが自身に言い聞かせるようにして、頷く。誰かを好きになるようなことは少なくともないだろう。

レインはとにかく、この洞窟の魔物を早々に討伐して、元へ戻ることに集中すればいいのだと考えることにした。

「レイン、平気なの？」

「え？」

不意に声をかけてきたのはエリィだった。

最初はツンツンしていたエリィが、レインのことを心配している。

レインとしては、上手く付き合っていけそうだから悪くはないと思っていた。

「少し顔色が悪そうだったから」

「まあ、洞窟入ってから色々あったし、ね」

「それはまあ、同情するけど。あんたって本当に運ないわね」

「僕だって好きでこうなったわけじゃないからねっ」

レインがそう答えると、エリィは少しだけ俯いて、軽く深呼吸をする。

何事かと思ったが、意を決したようにエリィが声を発した。

「ダンジョンのとき、あんたには世話になったから――今日はあたしが守ってあげる。不運からね。あたし結構運いい方だから」

「あ、ありがとう？」

守ってくれる――そう言ってくれるのならと返事をしたつもりだったが、唐突なことで疑問形になってしまった。

近くにいたセンが悪戯っぽい笑みを浮かべてエリィに近づく。

「あらあら、エリィからそんな言葉が聞けるなんてお姉さん、嬉しいわ」

「な、何よ？　悪い？」

「嬉しいって言ってるじゃないの。うりうり」

「や、やめてってば」

そんな風にいちゃつき始める二人。

エリィの性格からするとセンとはあまり相性が良くなさそうだと思っていたが、意外と二人は仲がいい。

いつから四人で組み始めたのかは知らないが、少なくとも紅天のメンバーはリースとエリィが始まりのはずだ。

そこにセンとシトリアが入った——そう考えるとシトリアはまだしもセンの方は打ち解けるまで時間がかかったのかもしれない。

「何、お姉さんの顔に何かついてる？」

「い、いや、二人とも結構仲いいなって思って」

「うらやましい？」

「そういうことじゃなくて……」

「わたしはいつでもウェルカムよ」

「そういうことじゃないって！」

「……センはこういう性格だって分かるでしょ」

エリィの言葉に、レインも頷いた。センの性格だから、結局無理やり仲良くさせせられてしまったと言いたいのだろう。

「あ、これ終わったらまた飲み会だから」

「えっ、そうなの？」

「いつもそうなのよ。エリィも今回は最後までいなさいよ」

「あたし、お酒はダメだから……」

「平気よ。もっとダメダメなのが目の前にいるんだから」

ちらりとセンがレインの方を見る。エリィもそれを聞くと、

「まあ、確かにそうかも」

「言っとくけど、僕はそんなに弱くないからな⁉」

「またそんなこと言っちゃってぇ。勝負する？」

「望むところだ……！」

そんな安い挑発にまた乗ってしまったと後悔するのは、ほんの数分後のことだ。

取り消そうにも取り消せない無駄なプライドが邪魔をして、また勝負を約束してしまう。

レイン達は洞窟内を進み続け、また広い場所へとやってきた。水溜《たま》りがあちこちにできていて、ピチョンという水の跳ねる音が耳に届く。

大人しい魔物が多いといっても、襲ってこないわけではない。

ただ、ほとんどがリースとセンによって討伐されていく。

時折、エリィが魔法を放つこともあるが、基本的には二人で十分だった。

「やっぱり二人は強いね……」

「ええ、あの二人がいるから私達も安心していられれ――おっと」

小さな虫型の魔物が寄ってきたのをスパッとシトリアが斬り伏せる。

「それでも油断するわけにはいきませんね」

「そ、そうだね」

「レインさんも、武器は買われたんですか？」

「一応、短刀くらいは買ったけど」

「それは良かったです。センさんは性格はあれですが、刃のある武器はあらかた使えるはずなので、指導を受けるのもいいかもしれないですよ」

「……考えとくよ」

シトリアは飛び込んでくる相手に対しては強い。

機動力の高い二人に対して、シトリアはあまり動かないが戦闘力が高い。

補助魔法だけでAランクの冒険者になれるかどうかと思ったこともあったが、シトリアの動きを見るにその実力は十分にある。

エリィに至っても、Bランクの冒険者としては十分な強さがあった。

「何か用？」

「いや、なんでもないよ」

「……そう。レイン、あんたは温存しておきなさいよ」

「温存っていうか、今の状況ならそんなにすることないかなって」

「まあね。リースとセンは強いから。けど……」

「けど？」

「ううん、なんでもない」

何か言いたそうな表情だったが、エリィはそれ以上何も言ってこなかった。

リースの妹として、何か思うところがあるのだろう。

レインはそう思って、それ以上何か言うことはなかった。

（そう考えるとやっぱ僕だけ劣ってるよな……）

劣等感があるというわけではない。

レイン自身、冒険者として高みを目指しているわけではないのだから。

あくまで将来を見据えた安定な生活――そのためにお金を稼いでいる。

（……はずだったんだけど）

気がつけばパーティに入って、洞窟の中で凶悪な魔物を追っている。

どうしてこうなったのか――思い返すと悲しくなるから考えることはやめた。

パーティにいてもお金を稼げないわけじゃない。取り分だけは一先ず貯蓄していくことにしよう。

そんなことを考えている間に、センとリースが戻ってきた。

「さて、大方片付いたかしら」

「そのようだな」

ヒュンッと二人が得物についた血を払う。

リースの方は槍を大事にしているようだが、センの方はやはり扱いが雑のように見える。

Sランクの冒険者だというのに、剣の扱いには少し違和感があった。魚釣りのときに川に投げ入れるくらいだ。

「ん、どうしたの？」

「いや……センってあまり剣の手入れとかしないのかなって」

「折れたら新しくすればいいじゃない？」

「それはそうだけど」

「女には色々あるのよ。レインにも分かるときが来るわ」

「来ないっ！」

「ふふっ、冗談よ」

センの咄嗟《とっさ》の女扱いにも反応できるようになった――自慢できることじゃないけれど。

元に戻ることを諦めたわけではない。

けれど、最近そのための努力を怠っている気がする。

（はあ、いっそのこと師匠に相談でも……いや、あの人に会ったら何されるか分からないし……）

そう考えながら、レインが地面に手で触れる。

ややぬめり気のある岩に、レインは顔をしかめる。

思えば、この付近の水溜りもどこかぬめり気があるように見えた――

「……っ⁉」

レインは魔法を発動させていたために、すぐに異変に気付く。

リース達はレインの様子を見て、警戒を強めた。

「レイン、どうした？」

「何か、かなり大きなものが結構近くを動いてる……」

「かなり大きなもの？　洞窟内でそれを言ったら一つしかなさそうだけど」

一つ――それは今回の対象の魔物のことを言っているのだろう。

揺れを大きく感じたのは近くに魔物がいるからだろうという予測を立ててはいたが、そんなすぐ傍にいるとは思ってもいなかった。

紅天のメンバーの反応は速かった。周囲を警戒しつつ、リースは槍を構える。

センは再び剣を抜く。その目つきはすでに狩人のものだった。

シトリアとエリィ、そしてレインはつかず離れずの状態を維持する。

「こっちの方に近づいてきてる……大きいやつが一匹だ」

「出迎えご苦労さまっていうところかしら。手間が省けたわね」

「レインはそのまま相手を捕捉しておいてくれ」

「わ、分かった」

「エリィは攻撃魔法の準備を。シトリアは補助に回ってくれ」

「分かったわ」

「はい、いつも通りに」

「セン、調子はどうだ？」

「もちろん、完璧よ」

全員の返事を聞いて、リースが頷いた。

それと同時に、ドンッという大きな音と共に、巨大な黒い影が出現する。

ぴたりと洞窟の天井に張り付いたかと思えば、ぬるりと身体を動かす。その姿はまさに——

「ナメクジ、だよね？」

レインの言葉に、他の四人も頷く。

「ナメクジだな」

「ナメクジですね」

「塩まいたら勝てるんじゃない？」

「ナメクジだけど、少なくともこいつがアラクネを追い出す強さを持ってるってことでしょ」

それを聞いて、レインは慌てて臨戦態勢に入る。油断はしない――そう決めていたのに見た目で拍子抜けしてしまった。

魔物の強さに見た目は関係ない。洞窟内の狭い場所でも、その巨体はずるりと移動できる。それが分かるように、ぬるりと柔らかい身体を動かしながら、ナメクジのような黒い魔物はこちらの様子をうかがっていた。

「大きいけど初めて見るタイプよね」

「はい、ナメクジにしか見えませんが……」

センとシトリアも含め、パーティメンバーはこの魔物を見たことがないと言う。

無論、レインも見たことがない。

おそらく触覚と思われる二本の角はゆったり動き、先ほどの登場とは打って変わって動きは鈍い。

「本当にこいつがS級の魔物なのかな？」

レインがそう問いかけると、皆一様に首をかしげる。

とてもそうは見えない。むしろ、アラクネなら大きな食事が来たと喜びそうなものだからだ。

ナメクジは脱力するように身体を少し平べったくしている。攻撃を仕掛けてくるような気配はなかった。

「これならレインが凍らせるかエリィが燃やすかの選択って感じね」

「そうだな。どっちがやる？」

「……あれって燃えるの？」

エリィの言葉を聞いて、全員でナメクジを確認する。表皮に当たる部分は漆黒——洞窟の中も相まって非常に黒い存在がそこにあるだけだ。

常に湿っている身体は確かに、水分量は多く見えた。

「燃えなくても炎は苦手なんじゃない？」

センがそう言うと、エリィが小さくため息をついて、

「分かったわ。試しに攻撃してみる」

エリィが前に出る。ナメクジに向かって手をかざすと、その表情は先ほどとは違い真剣なものになった。

「殲滅の炎よ。囲いしものを焼き尽くせ——」

詠唱に従い、地面を炎が走る。ナメクジを覆うように弧を描くと、大きな火柱となって中央に降り注いだ。

「《フレア・サークル》！」

ジュウッと焼けるような音と共に、水蒸気は周囲を覆う。視界が悪くなると同時に、シトリアが薄い魔力の結界のようなものを張った。熱気に対する防御だ。

「避けるつもりもないみたいよ」

「……一応、あたしの使える上位魔法で攻撃してみたけど」

「視界は悪いが、一先ずは様子見――」

リースがそう口にしたときだった。ヒュンッという風を切る音と共に、黒い触手が周辺の壁に張り付いていく。

それは、レイン達の方にもやってきていた。

「なっ⁉」

エリィの反応が遅れる。突然の反撃だったとはいえ、先ほどのナメクジからは想像できないほどの速い攻撃だった。

だが、伸びる触手に対して、シトリアとリースが素早く反応する。

「よっと！」

「ふっ」

エリィに直撃する前に二人が触手を切断する。それは空中を飛んでからレインの方に落ちてきた。

「はっ、避けられないと思ったか！」

レインも認めたくはないが、最近慣れてきている。

万が一のために警戒はしていた。飛んできた触手を華麗に回避する。

そして、後方にあったぬめり気のある水に着地すると、

「あっ」

つるりと滑って転んだ。

「格好付けるからよ」

「う、うるさいな」

センの突っ込みに少し恥ずかしそうにしながらレインが立ち上がろうとすると、異変に気付く。

ぬめり気のある水は先ほどよりも粘着の度合いがあがっているのだ。

「うわぁ、何これ……？」

「まさか」

シトリアが何かに気付く。

ようやく、霧のように見えづらかった視界が解放されていく。

そこにいたのは先ほどのナメクジだが、姿が変わっていた。周辺に黒い触手を伸ばしていきながらも、翼のようなものを広げ、四本の足が出現していた。

「ドラゴン……ですね、あれは」

「あれドラゴンなの？」

センが聞き返す。

シトリアは少し悩んだ表情をしながら答えた。

「いえ、ドラゴンと確定できるわけではないというか……まあ、ドラゴンではないんでしょうけど、その特徴を真似ているとは言えます。ナメクジ竜とでも呼びましょうか」

装いは確かにナメクジに手足と羽が生えたような感じで、ドラゴンに見えなくもないと言えなくもないが――

「そ、それよりも起こしてくれない？」

「まったく、何をしているんだ……」

レインを起こそうとリースが近寄ろうとする。

だが、それをシトリアが制止する。

「どうした？」

「あのナメクジ竜なのですが、見ての通りエリィさんの炎の魔法を直撃してもほぼ無傷です。それに、粘液はどうやら触手を伸ばした時にまき散らしたようですが……」

「獲物の動きを止めるためか」

「え、獲物……？」

レインにへばりついた粘液は、時間が経つにつれてより粘度を増していた。

触れたときまではぬるぬると滑りやすかったのに、今は動くこともままならない。

「一先ずあいつの動きを止める。レイン、いけるか？」

「や、やってみるよ」

尻もちをついたような状態のまま、レインはナメクジ竜へ意識を集中する。

相手は巨体——動きを止めるのはそこまで難しい話ではない。

レインの氷の魔法による冷気が、ナメクジ竜の周囲を覆う。

パキパキと凍っていく音が聞こえたかと思うと、それは砕けて散ってしまった。

「……！　凍った粘液だけを砕いてる!?」

「ちっ、そういうことか」

身体から流れ出る粘液は次々と生み出され、凍った部分は柔らかい身体を動かすことですぐに砕いて離す。

凍らされたという事態に対して即座に対応している。

「確かにアラクネが逃げ出すだけはあるわね。切断した触手が再生しているわ」

エリィが目を細めて、触手の状態を確認した。

先ほどリースとセンが切断した部分はすでに丸みを帯び、先端が同じような形状となっている。

ナメクジ竜――見た目はあれだが相当に強い。

「……ていうか、また見た目変わってない？」

センの言葉を聞いて、レインとシトリアもナメクジ竜を確認する。

広げていた羽のようなものは、細い触手となって上部に広がっていた。

見た目からすると、今度は犬に近い見た目になっている。

移動の方法は変わらずぬるぬるとナメクジのように移動していた。

「今度はナメクジ犬ですか。見た目を変えることで威嚇《いかく》のようなことをしているのかもしれません。

アラクネが逃げ出したのは危険を察知させるような見た目に変化したからという可能性も……」

「そんな冷静に分析している場合じゃなくない!?」

レインが無理やり立ち上がろうとすると、ローブの方がぬるりと脱げそうな感覚を覚える。

咄嗟に動くのをやめた。

「……」

「効果は弱いようですが、この粘液には獲物を溶かす作用が――」

「二回目だよ、それ！」

「また全裸？」

「脱ぎたくて脱いでるんじゃないんだよ！」

服が脱げそうというなんとも言えない死活問題のため、レインは行動不能になった。

そんなレインの前に、エリィが立つ。

「裸になるのは我慢してさっさと出なさい。あたしがその間守ってあげるから」

「我慢とかそういう問題じゃなくて……」

言葉を濁《にご》すレインだったが、他のメンバーも慣れたという様子で動じない。

レインのことは放ったまま戦闘の準備に入る。

「レインが動けるようになるまで二対一ね」

「できる限り注意を引くのが私達の仕事というわけだ」

「私がサポートしますので」

どのみち、この戦いにおいてレインの攻撃力は役に立つ。

レインの後方に、大きな人影が出現する。炎の身体でできた巨人――

「《イフリート》、あたし達を守りなさい」

完全に戦いの準備は整った。あとは、レインが動くだけだ。

(……え、もう逃げられない流れなの?)

レインのそんな心のうちを知る者は誰もいない。――どのみち避けられないのは分かっている。

けれども、自分から脱ぐとなるとまた話は別だった。

レインのことを本当に女の子だと思っているのはリースとシトリア。男だと思っているのはセンとエリィだ。

つまり、レインはまだ三人にしか女の子だとは思われていないことになる。

その絶対数が増えれば増えるほど、もう取り返しはつかない。

実際、レインは少しだけそう思い始めていたこともある。

（そもそも、もう取り返しも何もないかもしれないけど……）

仮に、センとエリィにばれてしまったとしても、もうそれは仕方のないことだと割り切る。

レインはそう決めた。そうすると少しだけ心が楽になるからだ。

けれど、それでも人として譲れない部分はある。

（また裸で戦えって言うのか……!?）

先日のアラクネ戦でも全裸になり、帰宅するときに物凄く恥ずかしい思いをしたことを思い出す。

この際バレるバレないの問題ではなく、二度も三度も全裸で町に戻ることの方がどちらかという問題だった。

（一度だけならまだしも……いや、一度でもダメだけど！　二回もやったらもう完全に変態じゃないか……）

男だと言い張る以前に、男だとしても——人として間違いなくやばいと思われてしまう。

それが今のレインにとってのネックだった。

だが、状況はそんなレインの迷いを許してはくれない。

「ちょっと、まだ脱げないの？」

「い、今やってるから……！」

センに声をかけられて、ビクリッと反応しながら仕方なく動き始める。

思った以上に強くなった粘り気によって、レインは満足には動けない状態だった。

その液体に少しだけ溶けてしまった衣服が、動けば動くほどに擦れていく。

（落ち着け……このまま全裸になるのは確定だとしても、それなら隠す方が重要だ。勢いよく立ち上がろうとすればいけるかな……？　いや、もしいけなかったら中途半端に恥ずかしい格好を晒すことに……）

「ここは左右に分かれてやつの攻撃を分散させるか」

「形状変化するのに意味あるかしら」

「かたまっていても的になるだけだ。やつだって身体が無限にあるわけじゃない。エリィ達から少しでも狙いを逸らすぞ」

「分かったわ」

レインがどうやって脱ぐかという作戦を考えている間に、リースとセンはナメクジ型の魔物とどう戦うかという作戦の話をしていた。

そして、すぐにそれを行動にうつす。左右に分かれた二人はそれぞれ、あちこちに伸びる触手を切り刻んでいく。

切られてもすぐ再生していくが、それでもターゲットは少しずつそちらに移っていた。ただ――

「……っ」

「エリィさん、大丈夫ですか？」

「平気よ。これちょっと維持するの大変だけどね」

イフリートはその名の通り、炎の魔神である《イフリート》を模したとされる魔法だ。上半身の部分だけで数メートルある人型が、エリィの背後からレイン達を守るようにそびえたつ。

このイフリートがナメクジからの触手攻撃を防いでくれていた。

しかし、魔法自体を維持するのに相当魔力を消耗するようだ。エリィにも疲れの色が見える。

それだけに十分に伝わってくる――早く脱げというプレッシャーが。

（くっ、もう思いっきりいくしかないっ）

「せーのっ――」

レインは覚悟を決めて、全身に力を込めて立ち上がる。

ぐいんと身体に強い圧迫感はあるが、力を込めれば動けなくはない。

ただ、生身の部分だけが外に出るような形になってしまう。

「ふっ、く……」

（脱皮じゃないんだぞ……！　あ、やばい。胸の部分だけ見え――）

「そろそろ終わったの⁉」

バッと振り返ったエリィに対して、レインは今までにない反応速度で前かがみに倒れた。

背中の部分から腰より少し下まで見えてしまっているが、大事なところは全て隠せている。

「も、もう少しだからっ」

「いや、あんた格好がおかしくなってない⁉」

「これが抜けやすいんだよっ」

「それならいいけど……！　なるべく急いでよね！」

「わ、分かってる！」

（あ、危なかった……！）

かつて服を脱ぐだけでこれほど緊張したことはなかった。

レインの全力で勢いよく抜ける作戦は間違ってはいない。力のある男ならば問題なく抜け出せただろう。

問題なのはレインの力の方だった。圧倒的に高い魔力を持つようになったレインだったが、実際の筋力についてはむしろ衰えてしまっていると言ってもいい。

完全な魔導師タイプのレインにとって、物理的に捕まるというのは相当に難儀なものだった。

肌にネバネバしたものが多く付着し、不快感はあるが仕方ない。

レインは土下座をするような格好から、両手をついて再び立ち上がろうとする。

「んっ！　ぬ、けろ……！」

上半身が完全に抜けて、下半身を残すのみとなる。

粘り気は素肌だとそれほど抜けるのは難しくない。

残る下半身も勢いよく抜けてから上着を借りれば問題はない。

（いける――）

「調子はどう？」

なぜかこのタイミングで戻ってくるセンに対し、レインは再びすさまじい反応で横になった。

びたんっと地面にうつ伏せになる格好だ。

完全に背中部分からお尻に至るまで見えてしまっているが、それでも大事なところは全て隠している。

（いや、もうこれアウトでしょ……っ）

レインも色々と悟ってしまう。

隠すための格好とはいえ、もはや全裸よりも恥ずかしいことをしている気がしてきた。

「レイン、もしかして遊んでる？」

「遊んでないよ!?」

「遊んでないで早くして！」

「遊んでないってば！　とにかくこっちは見ないでっ」

せめてリースかシトリアならば、まだ隠さずに行動してもいいと思える。

ただ、タイミングよく見てくるのはセンとエリィだった。

レインは匍匐《ほふく》前進をするような格好でそのまま粘り気から脱出を試みる。

最も安全かつ確実な方法だったが、

「何かナメクジみたいね」

「なんでまだ見てるんだよっ!?」

「レインの動きが面白くて……」

こんな状況でもセンはレインのことを面白がって確認しようとしていた。

レインが本気で睨みつけると、センも「ごめんごめん」と謝りながら再びナメクジの方へと向かっていく。

結局必要以上に恥ずかしい動きをする羽目になったが、レインはようやく粘り気から脱出する。

シトリアがさっとコートを着せてくれた。

「あ、ありがとう」

「いえ、いつものことですから」

（めちゃくちゃ酷《ひど》いことを言われている気がする……）

微笑むシトリアに対して言えることは感謝しかないが、内心毒づくところがあった。

「ようやく参戦ね……」

エリィがそれを見て、ため息をつくとイフリートが消えていく。すでに維持するのが限界だったのだろう。

ナメクジの攻撃もリースとセンの方に集中していた。

その一瞬を突くように、ナメクジの触手がレイン達の方へとやってきた。

シトリアは咄嗟に反応して回避するが、エリィの方は大魔法を解除した瞬間で、反応が遅れる。

「しまっ――」

「くっ！」

それに反応できたのはレインだった。

エリィを庇《かば》うように押し出して触手を回避する――つもりだった。

「あっ」

つるっとまた足元が滑って、エリィだけを押し出すことに成功するが、触手の射程内でいい具合にレインが転ぶ。

（嘘でしょ……）

脱出したばかりだというのに――レインの身体に巻き付いた触手の感覚で全てを察してしまうのだった。――目を開けずとも分かる。今、結構高いところにいるということを。

そして、完全に触手に掴まれている状態でいるということも。

大事な部分が奇跡的に触手によって隠されているという状態だったが、微妙に動く触手がなんとも気持ち悪い感触だった。

「……っ」

レインは意を決し、目を開ける。

改めて目の前で見ると、鱗《うろこ》のような肌をしているにも拘らず柔らかい身体をしている。

漆黒の身体にぬめり気が光沢を強くしているが、何より急を要することはレインに向かって大きく口を開けているようになっている状態だったことだ。

「え、何、食べるの？　もう一回食べられてるんだけど……っ⁉」

カエルの魔物に食べられたときのことを思い出す。生温かさとぬめり気は忘れたくても忘れられなかった。

ちらりと遠くにいるシトリアを見る。

ナメクジの魔物を指さすと、レインはジェスチャーで尋ねる。

『食、べ、る、系？』

『はい』

シトリアは手で丸を作って答えてくれた。

レインは軽く「ふっ」と息を吐いて自虐的な笑みを浮かべると、

「だ、誰か助けてっ！」

すぐに助けを呼ぶことにした。視界に入っているのはすでに行動を開始しているリースとセンだ。

それぞれが触手からの攻撃を避けながらレインの方へと向かおうとしているが、ナメクジの魔物の攻撃は勢いを増していく。

先ほどまでは手加減でもしていたかのようだった。

がくんっとレインを持っていた触手も動きだす。完全に食べる態勢に入っていた。

「くそっ！　分かったよ、僕がやればいいんだろう！」

吹っ切れたようにレインが詠唱を開始する。表面を凍らせる程度では粘液によって妨げられる。

だが、不幸中の幸いというべきか、レインの地肌に触れる触手は芯《しん》から凍らせることができる。

レインに触れるものは全てを凍らせることができる――今のレインは高い耐性に加えて、触れてきた相手にも攻撃できる『絶対防御』にも近いものがあった。

触手が瞬時に凍り始め、パキリッと音を立てる。

それが本体に伝わっていこうとすると、突如としてレインに絡まっていた触手をナメクジの魔物はすべて自切《じせつ》した。

「な!?」

レインが危険な存在だということを即座に判断したのだろう。

そのまま落下しそうになったところで、何者かにレインの身体が支えられる。

「リース……？」

「残念、お姉さんでした」

いたずらっぽい笑みを浮かべてそう言うのはセンだった。お姫様抱っこの形でレインを運ぶと、そのまま壁に着地する。

即座に壁に剣を刺して、身体を支えた。

「あ、ありがとう」

「お礼はいいけど、隠さなくてもいいの？」

「え――」

そう言われた瞬間、レインが羽織っていたシトリアのコートが砕け散る。触れているものを全て凍らせる――これはレインの着ている服も対象だった。

つまり最強の防御力を誇り、最強の攻撃手段ともなる氷の魔法は威力をあげればあげるほど、全裸になることが確定するという、ある意味諸刃《もろは》の剣だった。

さっとレインが手で大事な部分を隠す。

「見た……？」

「見てほしいの？」

「ち、ちが……っ！」

「ふふっ、冗談よ。見られるの、本当に嫌なんでしょ」

こちらに視線を向けずにそう言うセンの声は優しかった。いつになく優しげなセンに――レインはかなりの違和感を覚える。

「……何考えてるの？」

「いやね、もっと面白そうなタイミングで見た方がいいかなーって思って！」

「最低だよ！」

そんなやり取りをしながらも、センはナメクジの魔物からは視線を外さなかった。

相手が強いということは理解している。

センは何かを思いついたような表情になると、壁に刺していた剣を抜いて着地する。

「よしっ、このまま戦っちゃおう」

「え、このままって？」

「このままはこのままよ。わたしがレインのことを抱えて、レインが戦うの」

「いや、でもそれだと――」

「凍っちゃうって？　そこはレイン、がんばって？」

無理難題を押し付けてくるのは、このランクの冒険者にはありがちなことなのだろうか。

レインはまだ完全に力をコントロールできていない。

このナメクジの魔物を倒すレベルの魔法を使うとなると、おそらくレインの周囲にも影響は出る。

だが、レイン単体で放置しておけば何をされるか分からない。

レイン自身は物理的な攻撃は強くないから、そこを突かれれば終わりだ。

それを察しているかのように、ナメクジの魔物の触手がヒュンッと鋭い刃のように動くと、レイン達の頭上にあった岩を砕いた。

勢いをつければそれだけの衝撃を生むことができるようだ。

センがレインを抱えたまま移動を始める。

「それじゃ、わたしがあいつにできる限り近づくから任せたわよ」

「ちょ、ちょっと待った！」

「待てないわ」

レインの制止する言葉も聞かずに、センは走りだした。それぞれに合図を送っていく。

シトリアはその場で槍を振るい、触手を捌《さば》く。

エリィのことは結界で守っていた。防御はシトリアの結界も相当優秀だが、範囲が狭いようだ。

シトリア自身は自ら武器を振るい、身を守っている。あの結界の中は安全である反面、外側への攻撃もできないようだ。

エリィはそのまま待機をしている状態になる。

リースは洞窟内を駆け触手の攻撃を避けている。一番目立ちながら、狙われるように動いていた。

そして、レインとセンは――

「おっとっと、危なかったわ」

ボォン、という大きな音と共に地面を砕く。触手の動きは遅くなったが、撓るような動きは勢いをつけて破壊力を増していた。

「ちょ、攻撃方法変わってない!?」

「レインが危険だって分かったから、潰して食べようって作戦なんじゃない？」

「怖いこと言わないで！」

そうこう話している間にも、触手の攻撃は続いている。遅く撓る触手は破壊力があり、身動きを止めようとする触手は素早く迫ってくる。

だが、素早い触手はセンがすべて斬り払う。圧倒的な速度でナメクジの魔物と距離を詰めていく。

「魔法の準備はできてる？　できてなくても突っ込むけど」

（なんでも強引すぎるって……！）

何も準備などできていないが、やるなら前方への広範囲魔法。

それも徐々にではなく確実に凍らせる必要があった。

センに影響が出ないように、とにかく前方だけに魔力を放出させる。

「ああもう！　やればいいんだろ⁉」

「やっと男らしい言葉が聞けて、お姉さん嬉しいわ」

センの言葉を聞いて、レインは眉をひそめながらも詠唱を開始した。

センはちょうど詠唱が終わるタイミングを見計らって、レインがナメクジの魔物に攻撃が当てられるようにしようとしている。

「凍てつく螺旋《らせん》の渦を巻け、ねじ伏せろ――」

「ここね」

ピタリとセンが動きを止める。

全方位から触手は迫っているが、攻撃が届くまでにわずかに遅れるタイミングがあった。

センはそのタイミングを狙って、レインの魔法の射程が確実に届く距離で止まった。

「《アイシクル・スパイラル》！」

冷気が渦を巻きながら広がっていく。触れた瞬間にナメクジの魔物の触手は氷漬けになっていく。

ちょうど全体を覆うように、ナメクジの魔物の本体も氷漬けになっていく。

自切も間に合わない――全身が凍ったナメクジの魔物は、パキリッと大きな音を立て崩れ落ちた。

「やった……」

シトリアやエリィ、そしてリースは魔法の範囲にはいない。問題はセンだった。

レインはすぐにセンに声をかける。

「セン――」

「ふぇっくしょん！　あー、ほんと寒いわ」

大きなくしゃみでセンの無事を確認する。なんとかセンに影響を出さないように魔法を発動できたようだ。

（ああ、良かった――）

そう思った瞬間、パキッという小さな音と共に、センの着ていた服だけが砕け散る。

それは見事に下着だけを残して、だ。

「服だけって……今度は人を脱がせる趣味を露呈《ろてい》させたのね。でも、嫌いじゃないわ」

「ご、誤解だってっ！」

レインの叫び声が洞窟内に木霊《こだま》する。

《すぐに全裸になる魔導師》に加えて、《全裸にさせようとする魔導師》という不名誉な称号を手に入れたレインだった。

「さて、討伐も完了したし、ギルドへ報告に戻るわけだが」

リースがそう言いながら、ちらりと横目で確認するのはレインとセン。センは特に恥ずかしがる様子もなく、下着姿で寒そうにしている。

差し当たっての問題は、むしろそこにあるようだった。

「寒いから早く帰ってお風呂にでも入りましょ……」

「センがそれで構わないと言うのならそれでいいんだが……」

その隣――大事なところは全て隠したレインだった。

しゃがんだまま動くができず、涙目の状態でリースの方を見ている。

前回実績でいえば、この状態でも町の方には戻った。

リースが抱えて戻ったわけだが、それ以来表立っては噂されていないが、少なからずレインが女性に抱えられて戻ったという事実は目撃されている。しかも裸で。

二回目ともなれば、それが噂のレベルでは済まなくなるのは確実だった。

「このまま戻るのは無理っ」

「レイン、そうは言ってもどうしようもないのよ？」

センがため息をつきながらそう言った。なぜ平気そうなのか、が疑問だった。

センの方を向いて話そうとしたが、完全に下着姿を隠そうともしないため、レインは頬を赤らめてサッと視線を逸らす。

「だ、大体どうしてそれで戻るのが平気なんだ……？」

「え、見られて困るものなんてないからよ。レインにだってないでしょう」

「そ、それは……」

（めっちゃあるんだけど……!?）

レインは言葉を詰まらせるが、すぐに反論を思いつく。

「そ、そもそも裸でいるのがおかしいから！」

「それは仕方ないじゃない？　レインに引《ひ》ん剥《む》かれてこうなったわけだし」

「引ん剥いたわけじゃないよっ」

こう言われてしまうと、レインもそれ以上言い返せなかった。

実際、倒せたのはレインの魔法の力があってこそだが、センが下着姿だけになってしまっているのはレインの責任でもある。

そのセンが別にそのまま帰っても問題ないと言っているのに対し、レインが帰りたくないと言い張るのも難しかった。

「前回の反省を生かしてもう何枚か上着を持ってくるべきでしたね」

「前回の反省って……毎回裸になられても困るでしょ」

シトリアが真剣そうな表情で言ったのに対し、エリィが呆れた表情で突っ込む。

レインを除く四人の意見が一致すれば即座に行動が開始される。

つまり、どのみちレインが活路を見出せなければ裸で連行されるのは目に見えていた。

(何か起死回生の一手はないのか……!?)

「あ、いいこと思いついたわ」

「な、何？」

悩むレインに対して、センがそう言った。

藁《わら》にもすがる思いでセンに問い返すと、トントンと自身の胸を指さして、

「仕方ないから上だけ貸してあげる」

「いや何も解決しないじゃん！　上だけとか余計変態だろ……！」

上だけつけたレインと下だけ穿いたセン――明らかに変態度が増してしまう。

それと、最も重要なことを忘れられている。

「それに僕は男だ……！」

「あー、そう言われるとそうよね」

わざとらしいセンの言い方に、リースとシトリアが苦笑する。

二人はレインが女の子であることを知っている。

女の子になってしまった、という事実はレインしか知らないことだが。

「じゃあわたしが上をつけるから、レインが下っていうのは？」

「一緒だよ！　パンツがいいっていう話じゃないからっ」

「冗談よ。レインの反応が面白いからつい……」

「くっ！　僕は真面目に考えているっていうのに……!?」

「真面目にといっても、センが問題ないという以上、今問題なのはレインだけだ」

「やはり前回と同じ方法でいくしかないのでは？」

「ああ、そうだな」

リースとシトリアがそんな会話をし始めた。

完全に持ちかえられる方向でまとめられそうだったが、レインはそこで一つの魔法を思い出す。

それこそ滅多に使わない魔法だったが、ここでは唯一使い道がありそうだった。

レインは即座に詠唱し、その魔法を自身で身にまとった。

「《アイス・アーマー》！」

ヒュンッと冷気をまとい、レインの周囲に氷が出現する。

それが鎧のようになってレインを包み込んだ。

《アイス・アーマー》。防御用の魔法だが、動きが鈍くなりやすくさほど防御力も高くならないため、レインが習得していてもほとんど使用することがなかった魔法だ。

だが、今は違う。

氷の鎧は肌こそ見えてしまいはするが、それでも幾分ましではあった。

直接裸を見られるのとは大違いだ。

「こ、これでどう、だ。くしゅんっ」

ただ、地肌に氷が接しているので物凄く冷たいうえに寒い。

レイン自身、氷魔法の使い手である以上多少耐性は持っているのだが、それでも地肌となると寒かった。

カタカタと氷の鎧が震えるのを見て、

「やめた方がいいんじゃない……？」

「そうね、お姉さんちょっと心配だわ」

「ああ、寒そうに震えてるじゃないか」

「レインさん、無理はしない方がいいですよ」

一様に心配する声が耳に届く。

それでもレインは首を横に振って答える。

「い、いや。これでいいよ。むしろ僕にとっては、これが正解だ……」

カクカクした動きで、レインが移動を開始する。

動きは多少鈍いが、動けないわけではない。

家までの辛抱だ——そう思えば、レインにとってはこれくらいの寒さは苦ではなかったが、

「ふえ——くっしょんっ！」

くしゃみと同時に、バキィンッという大きな音と共に氷の鎧が砕け散った。

「は——ちょ、待っ！」

レインは慌ててその場にしゃがみ込む。

《アイス・アーマー》は常時魔力をコントロールする必要のある魔法だった。

不安定なレインの魔力では、ちょうどいい鎧を作り上げるのに、力まない程度の力のコントロールが必要となる。

寒さでもギリギリコントロールできる程度だったレインの魔法は、くしゃみの勢いだけで魔力が増し、コントロール不能となってしまったのだった。

パーティメンバーの一番前を歩いていたので、少なくとも前方から見られることはなかったのが不幸中の幸いだった。

「……変態ね」

「ち、ちが……っ」

「色々と前振りはありましたが、レインさんの鎧が砕けるというのはなんとなく予想していました」

「何その予想!?」

それくらいならあり得るだろうとシトリアは思っていたらしい。

エリィには変態呼ばわりされて、どうにもならない状態のレイン。

結局、リースがレインの身体をひょいっと持ちあげた。

「あっ……」

「結局これしかないだろう。セン、そんな姿で悪いが雑魚は任せてもいいか？」

「もちろん。身体温まるしちょうどいいわ」

「い、いや。待ってよ。今方法を――くしゅんっ」

「だめだ。このままだと風邪を引いてしまうぞ。それにしても、君は本当に軽いな」

抱えあげられたレインの言葉はくしゃみに遮られ、聞き入れられないまま移動が開始される。

変に動くと前を歩くセンか、近くを歩くエリィにまで見られてしまう可能性があったので、レインはもうまともに動くこともできない状態だった。

「せ、せめて顔だけでも隠して……っ」

「……君は裸を見られるよりも顔を見られる方が嫌なのか？」

「そ、そうじゃないけど……」

髪の色でバレバレなのだが、レインのせめてもの抵抗のようなものだった。

町に戻るまでの間、下着姿のセンと抱えられた全裸のレインが目立たないわけがなかったのだが。

＊＊＊

町に戻ったレインは引きこもりになるつもりだった――が、すぐに家から引きずり出されてギルドの酒場にやってきていた。

一仕事終えたら飲む――それが冒険者では当たり前のことだったが、今のレインはそんな気持ちにはなれない。

「はあ……」

「ため息ばっかりついてないでさ。楽しまないと損よ？」

「分かってるよ……」

下着姿で帰ったセンは、正直レインより目立っていたかもしれない。

そもそも、レインは裸でも隠していればギリギリばれないレベルだったからだ。

レインにとってはむしろ目立たないことは好都合だったが、帰り際に聞こえた「レインがまた裸で帰ったぞ」という言葉に心が折られてしまった。

「また、だってさ。またってなんだよ。誰が好きで脱ぐんだよ……」

「そんなに気にするな、というのも無理な話か」

「そうですね……」

リースとシトリアはおそらくレインが女の子であることを隠していて、それで裸を見られるのが嫌だと思っている。

実際それは間違ってはいない。隠す理由は現在が女の子であるという事実を、知られたくないからなのだが。

「ま、嫌なことは飲んで忘れましょ」

そう言いながら、センはレインにジョッキいっぱいに入ったお酒を渡す。ちらりとレインを横目で見ると、

「で、やるの？」

「やるって、何を？」

「あら、忘れたの？　勝負するって言ってたじゃない」

「いや、そんな気分じゃ――」

「そっ、じゃあわたしの勝ちってことで」

レインの言葉を遮るようにセンがそう言った。

むっとした表情でレインが言い返す。

「勝ち負けとか興味ないけど、どうして勝ったことになるのさ」

「あら、戦わずして逃げることを負けと言わずしてなんと言うのかしら？　ま、その方がレインらしいかもしれないけどね」

「な、なんだとぉ……？」

「セン、今のレインはそういう――」

「ここまで言われて黙っていられるか！」

リースがフォローを入れようとしていたが、レインが臨戦態勢に入った。

にやりとセンが笑ったところで、戦いが始まる。

そんな様子を、呆れた表情で見ているエリィがいた。

「……前もこんな感じじゃなかった？」

「まあ、レインさんがいいのならば……」

「そうだな。いつまでも暗いままでいるよりはいいだろう」

レインも挑発に乗ったのは、そういう気持ちがあったところはある。半分以上は本気でイラついたからだったが。

「やっぱり勝ち負け決めるなら罰ゲームもないとね。何がいい？」

「なんだっていいよ」

「あら、強気じゃない」

「勝負の前から負けることを考えるやつは……いないよ」

言いかけたところで、一瞬言葉を詰まらせてしまった。

レインは普段、勝負の前から負けたときのことも考えて行動するからだ。

だが、今のレインにはそれなりに自信があった。

（ふっ、何も策もなく挑発に乗るわけがないじゃないか）

センが相当お酒に強いということはすでに分かっている。それでも無尽蔵に飲めるわけではない。

要するに、こちらが酔わなければいいだけの話だ。

「それじゃ、お互い勝ったら罰ゲームを決めるってことで、乾杯っ」

カシャン、というグラスのぶつかる音がゴングとなり、勝負が始まった。

センはあっという間にグラスに入ったお酒を飲み干していく。

「はぁ、身体に染み渡るわね」

「ふう、そうだね」

「あら？」

レインも同じように、グラスに入ったお酒を飲み干していた。前回までなら、飲み干した時点で酔い始めていたはずだったが、レインの様子に変化はない。

したり顔でセンの方を見る。

「この前の僕と同じとは思わないことだ」

「面白くなってきたじゃない。リース、あなたも入りなさいよ」

「たまにはゆっくり飲みたいんだが。シトリア、君が代わりに飲んでくれないか」

「私はそんなに強くないので……」

「お姉――リースにあまり飲ませないで」

「もうお姉ちゃんって呼んだら？」

「うるさいっ」

そんなやり取りの中でも、当然だがセンは余裕な様子だ。

だが、レインも負けてはいない。二杯目、三杯目と飲んでも状態は変わらなかった。

「君、大丈夫なのか？」

「問題ないよ」

リースは心配そうに声をかけてくるが、レインはにやりと笑って答える。

ただ、少しだけ息が上がっていた。

（くっ、さすがにコントロールが難しいな……）

レインは魔法の威力を制御する練習をしていなかったわけではない。

その一環として、非常に弱い冷気を常に一定の場所で発生させる練習はした。

結果として、レインはその技術だけはある程度使えるようになっていたのだ。

今、レインは飲み干したお酒を凍らせていた。

それによってアルコールが回ることなく飲み続けられたのだが――

「まだまだいけそうじゃない。お姉さん嬉しいわ」

「当然、だ。僕はこれくらい平気で飲める……」

（お、お腹痛くなりそう……）

これが物凄く冷える。凍らせたものをそのまま胃の中に入れているのだから当然だ。

お腹の中はまだ余裕はあったが、このままだと体調を崩すのは目に見えていた。

（それでも負けられないんだ……っ）

もはや意地だけで戦うレインだったが、このままでは負けてしまう。

レインはある提案をした。

「も、もう少し強いお酒でいかない？」

「レインからそんなことを言ってくるなんて、よっぽど自信があるみたいね？　いいわよ」

センはレインの提案を受け入れてくれた。

内心ガッツポーズをしながら、度数がさらに上がったお酒が運ばれてくる。

これでより短期間で勝負をつけることができる。

実際、センも少しだけ顔は赤くなっている。

このまま一気に度数の高いお酒でいけば勝てる――そうレインは確信していたのだが。

「ふう、これはさすがに強いわね」

「うん、そうだ――ね？」

（あれ、ちょっと待って……）

胃の中に冷気を送り続けているレインだったが、違和感に気付く。

冷えているはずのお腹の中から、じんわりと温かい感覚が広がる。

食事も何もしていないから、余計にその感覚がよく分かった。

「どうしたの？」

「い、いや、なんでもないよ」

センの問いかけに平静を装って答えるが、レインは慌てていた。流し込んだお酒を凍らせられなかったからだ。

（なんで……!?　あ、あれか！　度数が高いと凍らないとか……！）

レインは自身で墓穴を掘っていたことに気付かなかった。

レインが今使用している微弱な冷気は、レインの身体に影響が出ない範囲でしか使えない。

変に強くすればレインの身体の方にまで影響が出てしまうからだ。

なので、今のお酒を凍らせるには、レインの冷気が足りていない。

つまり、そのまま飲んでいる状態と変わらなかった。

（ど、どうしよう。一旦度数を戻し――）

「乗ってきたわね！　もっと強いやついっちゃいましょう！」

「……っ！」

「あら、レイン顔色があまり良くないわね。やっぱりつらかった？」

「そ、そんなことないよっ」

（あ、これ死ぬやつだ……）

レインは強がってそう返事をしてしまう。すでに後には引けない状態だった。

涙目になりながらも、すでに酔いが回り始めているレインは――

（もうどうにでもなれっ）

やってくるお酒をまた一気に飲む。次に見せたレインの顔は、すでに真っ赤だった。

「あれ、大丈夫なの？」

「ダメだと思いますよ？」

そんな他人事のようなエリィとシトリアの会話だけが耳に届いた。投げやりになってしまい――

結局同じ失敗を繰り返すレインであった。

# あとがき

はじめましての方ははじめまして、笹塔五郎と申します。

Webを中心に活動させていただいておりまして、こちらの作品はなんとWebに投稿したのが二年前となっております。

その頃は割とスローライフ、とも言えるほのぼの作品を書いていたのですが、「好きなネタもう一つなにか書きたいなぁ」って書き始めたのがこの作品でした。

コンセプト的には「元々中性的でよく女の子に間違われる主人公が、実際に女の子になったのを隠しながら生活するといいのではないか」というところからスタートして、気付けば主人公が女の子であることを隠そうとしつつも、不幸な目に遭う展開になっていた作品です。いわゆるTS物、ですね！

この作品は内容的に割とニッチなので、まあ書籍になることはないだろう……と思いつつも、趣味で続けながら時々コンテストなんかにも出させていただいておりました。

そうしたら、こうしてお話をいただけて本にしていただくことになったわけであります。

主人公のレインですが、正直あまり主人公に向いているタイプではないんですよね。

スタート時点から作品内においては悪いことをしていて、そこから罰《ばち》が当たったように女の子になってから不運続きなのですが、基本的には『逃げ』の性格なので。

そんなレインが作中を通して成長……するかと言われると、基本的にひどい目に遭いつつもパーティメンバーと一緒にわちゃわちゃするお話となっております。コメディですね、要するに。

こういうお話ですが、楽しんでいただけましたら幸いです！

では、この辺りで謝辞を述べさせていただきたく。

イラストを担当いただきました『ともち』様。とても可愛らしいイラストを五人分も描いていただきまして嬉しいです……！　ありがとうございます！

担当編集者のK様、割と性癖《せいへき》に向いた作品でしたが、ご担当いただきまして本当にありがとうございます。

関係者様も含めまして、この場にて感謝の言葉を述べさせていただきます、ありがとうございます！

そして、この本を手に取ってくださいました皆様にも、お礼を申し上げます。ありがとうございました！

BKブックス

# 最強の力を手に入れたかわりに女の子になりました

## 女だけのパーティに僕が入っても違和感がないのは
## 困るんですが

2021年3月20日　初版第一刷発行

著　者　笹塔五郎《ささとうごろう》

イラストレーター　ともち

発行人　今 晴美

発行所　株式会社ぶんか社
〒102-8405　東京都千代田区一番町29-6
TEL 03-3222-5150（編集部）
TEL 03-3222-5115（出版営業部）
www.bunkasha.co.jp

装　丁　AFTERGLOW

編　集　株式会社 パルプライド

印刷所　大日本印刷株式会社



ISBN978-4-8211-4583-6

Printed in Japan